マッチング

内田英治

角川ホラー文庫
24006

目次

プロローグ

暗闇の中にひとりの男の背中が浮かび上がり、手にした物体から発せられた光はその顔を淡く包んでいる。男は闇でスマホを見つめるのが好きだった。液晶画面を見ていると、この世に生まれた赤ん坊の頃を思い出すからだ。年齢的にはそんな幼少時の記憶などあるわけはない。しかし、男は確かに覚えていた。

あの日、暗闇の中、外からはわずかな光がこぼれていた。氷のように冷たいドアの外からはけたたましい電車の音と、人間の足音が聞こえ続けた。

あの感覚を忘れる日は来るのだろうか。

それはきっと自分の孤独を、究極の愛が包んでくれたときだろう。

男が見つめているスマホには嘘だらけの愛が次々にスクロールされて表示されてゆく。

〈#アプリ婚〉というキーワードで検索されたカップルたちが笑顔を撒《ま》き散らしている。

はしたない連中だ。男はそう思いながらスクロールを進める。

男にとって愛とは長い時間をかけて育《はぐく》むものだった。スマホやパソコンで簡単に手に入るものではない。ましてや金で買えるものでもない。

汚れている。

時代で片付けたくはなかった。古《いにしえ》の時代、イエス・キリストは考えた。神は人間を男と女に分けて創作し、やがてひとつになってゆくことを祝福したのだ。結婚とは神が定めた運命であり、たやすく結ばれてはいけない。

男の指は一組のカップルで止まった。

ドレスを着た新婦は知性的な雰囲気をまとっており、新郎はスポーツマンタイプでがっしりとした体格だ。写真が撮られたのは新婚旅行なのだろう。海外だろうか。男は日本を出たことがなかったので、想像を巡らせた。ハワイなのか、それともヨーロッパの国々なのか。

景色の演出もあってか、とても幸せそうに感じられた。

しかしこの二人は罪深い男女に違いない。

出会いは自然でなければならない。

しかしこの二人は軽薄なアプリ婚なのだ。
であれば、罰を与えなければならない。
男の目は、その後もしばらく手元の新婚夫婦に注がれていた。

第一章　祝福

1

　ふと自分の表情が険しくなっていないかと不安に思い、唯島輪花《ただしまりんか》はひと気のないドアの前で、そっと立ち止まった。

　息を整えて、顔の筋肉を緩める。やはり自然と歯を食い縛る形になっていたようで、顎《あご》からスッと力が抜けるのが分かった。

　表情をリセットし、笑顔を作る。式場では常に笑顔でいることが、自分の役目だ。

　このドアの向こうにいるのは、結婚式を間近に控えた新郎。そして、輪花の高校時代の恩師でもある。

　断じて――かつての、片想いの相手ではない。

　そう自分に言い聞かせ、輪花はウェディングプランナーとしてのいつもの笑顔で、控室のドアをノックした。

「失礼します」

努めて明るく声をかけると、すぐにドアの向こうから「はい」と返事があった。

ドアを開ける。鏡の前に座っていた純白のタキシード姿の男性が、ゆっくりとこちらを振り返った。

オールバックに撫《な》でつけた髪の下に、緊張と期待に満ちた柔和な顔がある。彼の名は、片岡隼人《かたおかはやと》という。

今でも地元の高校で教師を続けている。あの頃と変わらず、天文部の顧問だそうだ。歳は——輪花が彼に憧《あこが》れていた時は二十代後半だったから、今はもう四十手前のはずだ。

「片岡様、何か問題などございませんか？」

式の直前のチェックだ。ついさっき新婦の控室でも同じ質問をしたら、突然ブーケの色を変えたいと言われた。

もちろん笑顔で対応した。駆け込んだフラワールームでは、スタッフに「今からですか？」と渋い顔をされた。

いや、もっと言えば、さらにその直後に同僚から呼び止められて、「ご親族で甲殻アレルギーのかたがいるらしいんだけど、どうする？」と、輪をかけて「今から？」な案件をぶつけられた——。このタイミングでトラブルが重なって、すっかり表情が硬くなっていた。断じて、片岡の結婚に思うところがあったわけではない。

「大丈夫だよ」

片岡が軽く微笑む。かつて輪花が胸躍らせた微笑みだ。

「いや、それにしても——教え子に結婚式を取り仕切ってもらうなんて感慨深いよ。ありがとう」

繰り返し礼を言う片岡に、輪花の表情が緩んだ。

作った笑顔ではない、自然な微笑みが浮かぶ。それでも、「教え子」という当たり前の肩書きから最後まで抜け出せなかったことに、一抹の寂しさを覚えながら。

「先生、本当に、おめでとうございます」

改めて、輪花は彼を祝った。

ただ、控室を出てからふと真顔になり、今一度気持ちを落ち着かせる必要があった。


「なんかさ、つくづく因果な商売だよね、うちら」

休憩時間——。屋外の目立たない場所に設けられた喫煙スペースで煙草をふかしながら、同僚の伊藤尚美《いとうなおみ》が愚痴を零《こぼ》した。ショートボブにまとめた髪が、式場内を駆け回っていたせいで、絶妙に乱れている。

輪花は隣に立って、缶コーヒーを片手に、「ふぅん」と小さく相槌《あいづち》を打った。輪花自身は煙草は吸わないが、尚美に付き合って、ここにいる。

「毎日毎日人様の結婚をお祝いしてさ。結婚のプロみたいな顔してるけど、まあ独身だし」

いつも聞かされる愚痴だ。尚美はすでに三十代も半ば。まだギリギリ二十代に留《とど》まっている輪花と違って、焦りがあるのかもしれない。

もっともこの仕事をしていれば、遅咲きのカップルを祝福することなど、いくらもある。その辺は尚美も分かっているはずだが。

「輪花、他人事《ひとごと》みたいな顔してるけど、あんたの話だからね？」

「あ……私なのね」

そういう流れの会話か。輪花は顔をしかめ、小さく溜《た》め息をついた。

「今日なんてさ、好きだった人の結婚式をアテンドしなきゃならなかったんでしょ」

「からかわないでよ」

「片岡さん。人生で一番好きになった人だよね？」

「もう昔の話だよ……」

——私、そんな表現したっけ。

親しい同僚同士、酒の席で過去の恋愛歴を披露し合った時、自分が片岡のことを具体的にどう話したかは、もうよく覚えていない。

ただ、「人生で一番」は言いすぎだと思う。今後自分が、一切恋愛をしないならともかく。

——いや、しないかもしれない。

輪花はふと、そう思った。

昔から恋愛が苦手だった。過去に、輪花を好きだと言ってくれた男性は何人かいたし、素敵だなと感じた男性もいた。大学時代には、そんな男性の一人と付き合ったがすぐに別れた。

なぜか——本気の恋愛には踏み込めなかった。

男性と関係を深めることに、どうしても抵抗があった。別れることになったらどうしよう。裏切られたらどうしよう。そんな不安が常に心に付きまとい、あと一歩を踏み出すことができなかった。

そう思うと——確かに、片岡一人だけなのだ。自分が本気で好きだと感じた男性は。

……もし生徒と教師の関係でなければ、あるいは。

「輪花、もうそんなのとっとと忘れて、いい加減前に進みなよ」

尚美の声に、輪花はふと我に返った。

隣を見ると、尚美の目がどこか愁いを帯びて、こちらを見ていた。

からかわれていたのではない。心配されていたのだ、と気づく。

普段は軽く振る舞っているのに、こういう時になると、案外気遣ってくれる。ありがたいけれども、読みづらい。

輪花はしかめっ面を装ったまま、「もういいから」と言い返した。

「休憩時間、終わりだよ。先に戻ってるね」

「あ、輪花待って。ねえ、例のアレ――」

「……アレ?」

何の話だっけ、と振り返ると、尚美が大真面目に言ってきた。

「この前勧めたアプリ、入れた? ウィルウィル」

今世間で話題のマッチングアプリだ。輪花のしかめっ面が、装いから本気に戻った。

「そんな暇ない」

そう言い残し、輪花はオフィスに戻っていった。

2

唯島輪花がウェディングプランナーとして勤めている「ナガタウェディング」の式場兼オフィスは、彼女の自宅から一時間ほどの場所にある。

本社は港区《みなと》にあり、業界では最大手とされる。ただし輪花が勤めているのは、もともと他の地区に古くからあった式場を会社が買い取り、ブライダル事業の支社として扱っている場所だ。

提供するサービスも基本的に式場と一体化しているため、どちらかと言えば地域密着型のイメージが強い。本社が国内外のリゾート婚を大々的に謳《うた》う一方で、輪花が受け持つのは、そこまで予算をかけずとも人生に一度のハレの日を盛大に祝いたいという、庶民的な披露宴がメインだった。

輪花はここに入社して、かれこれ七年目になる。

——輪花には人を幸せにする力があるよ。

かつてそう言ってくれたのは、片岡だった。どういう流れで出た言葉だったかは、今となっては記憶が曖昧《あいまい》だが、三年生の時に行った天文部の合宿でのことだ、というのははっきり覚えている。

当時、自分の進みたい道がなかなか決まらず悩んでいた輪花にとって、片岡のこの言葉は、まさに天啓だった。少なくとも、輪花が今の仕事に就くきっかけになったのは、間違いなかった。

もっとも高校時代は、ウェディングプランナーという仕事の存在など知らなかった。だから、ただ漠然と「人を幸せにする仕事」に就きたいと思っただけだった。

今の仕事を知ったのは、大学二年生の頃——父が勤務しているホテルに、忘れ物を届けに行った時のことだ。

フロントに事情を話して忘れ物を預けようとすると、不意にロビーの向こうから金切り声が飛んできた。何だろうと振り返ると、ちょうど純白のドレスに身を包んだ花嫁が、やはり純白のタキシード姿の新郎を睨《にら》み、これでもかと不満をぶつけているところだった。

式を目前に控えた夫婦喧嘩《げんか》、といったところか。しかしその諍《いさか》いに、すかさず割って入った人物がいた。

スタッフと思《おぼ》しき若い女性だった。彼女が笑顔で花嫁に何か言うと、次第に花嫁は落ち着きを取り戻し、決まり悪げに微笑んだ。表情を曇らせていた新郎も、笑顔に戻った。

その瞬間、輪花は「これだ」と感じた。自分が就くべき仕事はこれなのだ、と。

それが、ウェディングプランナーだった。

ウェディングプランナーとは、簡単に言えば、結婚式のまとめ役のようなものだ。新郎新婦の要望に沿って、式の日取りや予算を調整し、会場やスタッフを手配する。他にもドレスや料理の選定、当日の演出など、取り決めることは多い。

もっとも輪花が勤めている支社の場合、会場やスタッフなどはすでに自前で用意されているから、まだ楽だとも言えた。

本来ウェディングプランナーという仕事に規模の下限はなく、中には個人事業としてやっている人もいる。そういうケースだと、各地の式場やレストラン、教会、神社などに営業をかけて関係を作るところから、すべて自力でやらなければならない。想像以上に大変な仕事だ。

いや、もちろん輪花が大変な思いをしていないわけではない。今日のトラブル――直前でのブーケや料理の変更――などは序の口で、ひどい時は、式の当日にカップルが大喧嘩して、早くも離婚寸前に陥った、ということもあった。

初めてカップルの喧嘩に直面した時、輪花はまだ新人もいいところだった。それでも表情だけは動じさせることなく、二人の仲裁を懸命に勤め上げた。結果的にカップルは仲直りし、式も無事執り行えた。それが輪花の自信に繋《つな》がったのは、言うまでもない。

今では勤続七年。主任コーディネーターというポジションで、充実した日々を送っている。トラブルは多いものの、カップルの笑顔にはいつも報われる。だから、今の仕事に一切不満はない。ないのだけど。

――今夜ばかりは、ちょっと飲みたいな。

片岡夫妻を笑顔で式場から送り出した後、輪花は猛烈に、そんな気分に襲われたのだった。

とりあえず同僚の尚美に声をかけたが、予定があるからと断られた。

「私じゃなくてさ、男を誘いなさいよ」

呆《あき》れたようにそう言われたが、あいにく一緒に飲むような男性はいない。

……いや、一人いたか。

輪花はふと思い直して、「彼」に電話してみた。

聞けば、仕事で少し遅くなるが、合流できるという。なので、自宅近くの居酒屋で待ち合わせることにした。

×

男はゆっくりと口を開いた。

「これから、あなた達の愛を確かめさせてもらいます」

そう言うと、目の前に横たわる男女が縋《すが》るような視線を、こちらに向けた。

愛。その言葉を口にすると、脳の一部がいつも反応してしまう。自分が、いやすべての人が人間である限り、他者に求めてしまうもの。しかし真実の愛は容易《たやす》く手には入らないものなのだ。

今日こそ、目の前にいる夫婦が真実の愛を見せてくれるのかもしれない。

明かりの落ちたリビングに、ジャラ、と鎖の乾いた音が鳴る。二人の両腕と両腕、両足と両足を、それぞれ一本ずつの鎖が固く繋いでいる。

拘束してから数時間。今やこの夫婦を結びつける鎖は、彼らの皮膚を擦り、剝《む》かせ、血を滲《にじ》ませているだろう。

初めは威勢のよかった猿ぐつわ越しの呻《うめ》き声が、だいぶ弱くなっている。このままでも放っておけば衰弱死するかもしれないが、そこまで長時間放置するつもりはなかった。

「助かるのは、一人」

改めて、彼らに「ルール」を説明し始めた。

「一人が死ねば、もう一人は助けます。どちらが死ぬか、自分達で決めるのです。ただし選択権を与えるのは一度きり。三秒与えます」

そう言って、ポケットから大ぶりのカッターナイフを取り出した。

ギリギリギリ、と刃を伸ばす。二人の呼吸が荒れるのが、すぐに分かった。

「あなたたちの足は縛られていますが、足首だけは動かせますね。死ぬべきは夫だ、と思ったら右足で床を鳴らす。死ぬべきは妻だ、と思ったら、左足で床を鳴らしてください」

なんて慈悲深いのだろう、と我ながら思う。

べつに自分は、この夫婦を惨殺したいわけではないのだ。ただ二人の愛を確かめ、それが本物であることを証明したい――。本当に、ただそれだけだ。

二人が真に愛し合っているなら、答えはすぐに出せるだろう。だから間髪を容《い》れず、すぐカウントダウンを開始した。

「三、二、一」

ゼロ、と静かに告げた。

……二人とも、足を動かそうとはしない。

ただ乞《こ》うだけの眼差《まなざ》しを、涙とともに懸命にこちらに向けるのみだ。

優しく微笑みを返してあげた。

即決できないのならば、所詮《しょせん》その程度の愛だが、怒ってもしょうがない。

「残念です。あなたたちが天に誓った愛は偽物だと、今証明されました」

まず、妻から殺すことにした。

呻く彼女に馬乗りになり、猿ぐつわをむしり取ると悲鳴が上がった。

掠《かす》れすぎて外に届く心配もないほどの、弱々しい悲鳴だった。

ためらうことなくその顔をつかんで、頭を床に押し当て、カッターナイフの先端を、ブッ、と額に刺した。力を籠《こ》め、頭蓋骨《ずがいこつ》に当たるまで食い込ませ、ゆっくりと斜めに走らせた。

悲鳴はすぐに途切れ、がっ、がっ、と断続的な呻きが漏れるだけになった。

刃が右顎《あご》まで到達したところで一度抜き、また別方向から額に突き立て、斜めに引いた。

「印」をつけ終え、痙攣《けいれん》する妻の上から離れる。次は夫の番だ。

胸にまたがり猿ぐつわを取ろうとすると、激しく身をよじり抵抗してきた。

だがその抵抗は、妻が殺される時にするべきだったのだ。

それからカッターナイフを顔に突き立て、同じように「印」をつけた。

フローリングの床に、二人の血の臭いが広がっていく。すでに呻きも呼吸も聞こえず、ただ喉《のど》の辺りでゴボゴボと泡立つ音だけが鳴る。

人は、顔を裂かれただけでは死なない。最後に仕上げとして、手首を切るつもりだ。

ただ——今夜は慈悲を与えようと思う。

余っていたもう一本の鎖を、二人の首に巻きつけた。

一本で、二人の首を同時に。

もう二度と、互いに裏切ることなどできないように。

「さようなら。末永く、お幸せに」

そう言って、鎖の先端を両手でつかみ、グッと引いた。

夫婦の顔の裂け目から血の塊が絞り出され、わずかに飛んだ。

二人の体は一心同体となったかのように痙攣を繰り返し、やがて事切れた。

つながり、同時に命を失うことによってこの夫婦は一瞬の愛を得たに違いない。男は目の前に倒れたその男女を、しばらく見つめていた。

×

「あとどれくらいかかりますか？」

西山茜《にしやまあかね》はタクシーの運転手に聞いた。

渋谷《しぶや》から青山《あおやま》に通じる道路が渋滞をしているので焦っていた。

「もう少しかかりますかねー」

運転手は他人事《ひとごと》のように呟《つぶや》いた。

渋谷近辺の道路は何十年も工事をしている気がした。このままあと百年くらいは工事が続くんだろうか。西山は長い髪を触りながら窓の外を見やった。

さっきまで〝重要な用件〟で、喫茶店でお茶をしていた。その相手とは外資系のコンサル会社に勤める男性だ。

最初の十五分ほどは自分に興味がない雰囲気であった。容姿はそこそこいける方ではないかと密《ひそ》かに思っていたが、正直無理してそう考えるようにしていたことも否めない。恋愛する相手のステータスも考えそうな外資コンサルの男も、最初は「ハズレ」感を露骨に顔に出していた。彼の顔つきが変わったのは二十分を過ぎたあたりだ。西山の職業を知ったとたんに寄り添う素振りを見せてきた。

「へえ、刑事さんなんですか。そうは見えないですね」

職業を言うと相手が自分に興味を示し始めることは今までの経験で分かっていた。しかしなるべく職業は隠していたかった。プライベートとはいえ、警察という組織がマッチングアプリに登録している警察官を「はいそうですか」と放置するわけはないのだ。警察とはそういう組織だ。警察官になるときだって散々思想面の調査をされた。家族や趣味など、なんでも把握していたいのだ。マッチングアプリのように不特定多数の者と接触をし、ましてや警察官であると公言することなど言語道断だろう。

しかし相手が外資勤務ならば仕方ない。数々の条件をクリアしているからだ。

「そうですか？　ではどういう雰囲気の女性が刑事っぽいですか？」

嫌みに聞こえない程度に聞き返した。

「なんかもっとこう真面目そうで笑顔があんまりない感じですかね」

「女性警察官は宇宙人じゃないですよ、普通です普通。笑うし恋だってしてしますから」

と西山は笑顔を作った。

西山は警視庁の捜査第一課に所属する刑事だ。大学を出てやりたいこともなく興味本位で地方公務員試験を受けて警察官になった。派出所勤務から新宿《しんじゅく》警察署の生活安全課に配属され、三十歳を過ぎた頃に本部（警視庁）の捜査第一課へと異動となった。刑事部の仕事は想像以上に厳しく、気がつけば四十歳が目前まで迫っていた。

「たとえば殺人犯を捕まえるときは何人くらいで動くんですか？」

「捜査本部が設置されるので一概には言えませんね。大きいのも小さいのもあります」

「へえ。捜査の指揮は誰が執るんですか？　ドラマみたいにキャリアと呼ばれる人たちですか？」

外資コンサルの男がかなり警察官に興味を示しているようだった。西山は嬉《うれ》しい反面気を引き締めた。自分に興味を示すことと、自分の職業に興味を示すのとはまるで違う意味合いを持つからだ。現に西山は目の前の男の外資コンサルというエリート的な職業に興味を持っていた。

「キャリアの警察官なんて、宇宙人を見るよりレアですよ。滅多にお目にかかれませんから」

男は笑った。

一般人が大好きなキャリアとノンキャリの確執の話を面白おかしく多少のフィクションも交えながら話そうと思ったそのとき、スマホが鳴った。

思わずため息が漏れた。

画面には堀井《ほりい》と表示されていた。

堀井健太《けんた》巡査部長。西山が今コンビを組んでいる刑事でまだ二十代半ばであった。

「ちょっとすみません」

と席を外した。外資の男は興味津々でこっちを見ている。

「もしもし」

「あ、先輩すか？」

「当たり前でしょ。他に誰が出るのよ」

堀井は仕事は出来るが天然な一面があり、その度に世代ギャップを感じた。

「すいません」

「で、何？」

「またです」

一瞬言葉を失った。ここ数ヶ月聞いていなかったから油断したのだ。

「現場は？」

素早く住所のメモをとり電話を切った。

「すみません、急に仕事が入ってしまって」

「事件ですか？」

外資コンサルの男の目がきらきらしている。

「まあ、そうですね」

「またぜひお会いしたいです」

「ではこちらからまたメッセージを入れますね」

そう言い残してタクシーに飛び乗ったのだ。

結局、渋谷から神保町《じんぼうちょう》の現場に到着するのに三十分以上もかかってしまった。

「遅いすよ」

堀井が寄ってくるなり言った。

「ごめんごめん渋滞すごくて」

堀井にはもちろんマッチングアプリで恋人探しをしていることなど話してはいない。

神保町の古本屋街から少し奥まった場所にあるマンションに入った。東京のちょうど中心といってもいい場所のマンションだ。古くもない。被害者の経済状況をさっと頭に叩《たた》き込んだ。

「ここです」

青いビニールシートをめくって五階の角にある部屋に入った。恋人探しのせいで多少到着が遅れたがまだ鑑識は作業をしていた。

リビングに入ると、その強烈な光景が目に飛び込んでくる。

四方を取り囲むクリーム色の壁が赤い鮮血で彩られている。

「何度見てもひどいわね」

「三組目ですよ」

堀井がでかい図体《ずうたい》に似合わぬ悲痛そうな眼差《まなざ》しで告げる。

西山は手を合わせるとすぐに遺体の確認を始めた。

今までも幾度となく光が失われた目を見てきたが、この事件の被害者の状態だけは目をそらしたくなる。損壊という言葉が一番適切なのかもしれない。

リビングの中央に円形のテーブルが置かれている。結婚のお祝いなのか、夫婦どちらかの誕生日なのか、テーブルの上には豪勢な食事が用意されている。アボカドをメインにしたサラダに、サーロインステーキにスープ、そして柔らかそうなフランスパン。しかしスープには溢《あふ》れ出た血がたまり、テーブルクロスの上にこぼれ落ちていた。

アボカドサラダからまるで腕が生えてきたように、人間の肘《ひじ》が乗っている。テーブルに向かい合って座っている夫婦はテーブルの上で片手を組み合わせていて、二人の手首の部分は小型のチェーンでぐるぐるに結ばれ錠がかけられている。

異様なのはその姿勢だけではなかった。二人の顔が鋭利なナイフのようなもので切り刻まれているのだ。

「縦十九センチ、横八センチ」

鑑識がその傷の長さを測りながら口に出して記入をしている。

「致命傷は同じで、手首の動脈《どうみゃく》の切断によるものです。傷口の様子から見ると、手首が切られたのは最後のようですね」

堀井が顔をしかめながら言った。

「生きているうちに顔を斬るなんて……なんてひどいことするのかしらね」

口には声を出せないようにガムテープが貼られていた。顔を斬られたときの苦痛は計り知れない。犯人はそれを楽しんでいるのだろうか？

西山は床に散乱している写真を見つめた。ハワイなのだろうか、新婚旅行の写真や、ドレス姿の写真。どれも幸せを夢見る二人の笑顔が写っている。

「被害者は、この部屋の住人？」

「はい。男は香川耕平《かがわこうへい》。女は香川由紀奈《ゆきな》。夫婦です。マンションの管理人の話では、つい先月引っ越してきたばかりだった、と」

「新婚？」

「のようですね。先週ＳＮＳに写真がアップされたばかりでした」

そう言って堀井が、自分のスマホを見せた。

披露宴の会場で、笑顔の新郎新婦が写っている。香川夫妻だ。

ちょうど同じ写真が、遺体のそばにも落ちている。ただしこちらは、二人の顔がバツ印の形に削られている。犯人が自ら用意して、意図的に置いていったものだろう。

「この写真、検索したらすぐに見つかりました。これまでと同じですよ。被害者夫婦は普段から積極的にSNSでプライベートをアピールしていて、二人の馴《な》れ初《そ》めもしっかり書かれていました」

「……馴れ初め。つまり――？」

「マッチングアプリです」

「またマッチングアプリ、か……」

予想どおりの答えを堀井から聞き、西山は眉間《みけん》にしわを寄せた。

一ヶ月前、夏の盛りに世間を震撼《しんかん》させ、それから半月を置いて再び発生した「アプリ婚連続殺人事件」。その三件目が、今回また起きてしまったのだ。

「同一犯による連続殺人、ですかね」

堀井のその言葉に、西山は無言で頷《うなず》いた。確かに同一犯としか思えない。鎖で男女二人を繋《つな》ぐように縛り上げ、鋭利な刃物で顔をバツ印に裂く――。この残忍な手口は、マスコミには一切公表されていない。模倣犯が出るはずがない。

「念のため、使われたアプリを調べといて。犯人の正体に繋がるかも――」

「ああそれなら」

もう判明してますよ、と堀井が答えた。

西山が視線を上げる。相手の厳《いか》つい顔が、まっすぐに彼女を見下ろした。

「ウィルウィルです」

――ウィルウィル。

今巷《ちまた》で人気の、最もメジャーなマッチングアプリ。

「やっぱり、ウィルウィルか……」

ウィルウィルではないものの、つい先ほどまでアプリでマッチングした男性と会っていたばかりだ。西山は居心地の悪さを感じた。

「モテないやつが手当たり次第に殺してるんですかね」

「昔のホラー映画みたいなこと言わないで」

「すいません」

そう言いながら西山は再び手を取り合っている遺体を見た。二人の目は開いており、瞬《まばた》きをすることなくお互いを見つめ続けている。

現場検証が終わり、早く目を閉じてあげたいと西山は思った。息をしていないとはいえ、愛した者のこんなひどい姿を見たくはあるまい。

「なんとしてでも捕まえなきゃ」

口ではそう言いながら西山の頭は嫌な予感で破裂しそうになっていた。

「捕まえなきゃ」

それでも再び口にした。

×

輪花は疲れた足取りで古びた居酒屋に入っていった。疲れた声で「お待たせ」と言いながら、初老の男の正面の席にどっかりと腰を下ろした。

地味なスーツを着た男性である。かつては精悍《せいかん》だった細面も、深いしわが刻まれるようになって久しい。白髪は染めているが、最近は眉毛にまで白髪が目立ってきた。

輪花は椅子に浅くだらりと腰掛けて欠伸《あくび》をする。特に上品に振る舞うつもりはない。相手は、どうせ父親だ。

「俺も今来たとこ。今日は団体の宿泊が多くてさ……」

父の言葉を遮った。

「すみません、焼酎《しょうちゅう》水割り、梅入りで！　あ、ジョッキで。あとシシャモ！」

「何だ何だ、荒れてるな」

自分を無視して注文する娘の姿に、父——唯島芳樹《よしき》が苦笑を浮かべた。

芳樹は今年で五十七歳になる。赤坂《あかさか》にあるホテルで、長年ホテルマンとして勤めてきたベテランだ。もちろん結婚式の裏方としての経験も豊富で、そういう意味では輪花の大先輩とも言える。

もっとも輪花にとっては、父は、あくまで父だ。たとえ自分が大人になっても。

「そりゃ荒れるでしょ。二十九にもなって、週末の飲み相手が父親なんだから」

「まあそう言うな。ほれ、乾杯」

誘ったのはこちらの方なのだが、特に芳樹が言い返すことはない。いつもこんな具合だから、つい甘えてしまう。

輪花はジョッキを半分開け、それから箸《はし》を突っ込んで、中の梅を念入りに潰《つぶ》し出した。

もし目の前にいるのが恋人なら、箸は使わないだろうな――と思いながら、構わず豪快にシシャモに齧《かじ》りつく。

苦みの強い頭を嚙《か》み砕き、プチプチとした卵の粒と一緒に、アルコールで喉《のど》に流し込む。芳樹はそんな娘を、何か言いたそうに眺めている。

何？　と目で問う。芳樹が口を開いた。

「いや、お前がその気になれば、相手ぐらい簡単に見つかるだろうって思ってな」

「出会いなんかないってば。どこにも」

「そんなことないだろ。何なら……ほら、マッチングアプリ？　とか。俺の若い頃だって、そういうのはあったし」

「お父さんの若い頃にスマホないでしょ」

憮然《ぶぜん》として輪花は言い返した。マッチングアプリと聞いて、昼間のことを思い出してしまったからだ。

いや、尚美との会話ではない。それよりもっと前。片岡夫妻の披露宴の会場でのことだ。

片岡の友人が「運命的な出会いが――」とお決まりのスピーチをしていた時、ちょうど輪花の立っていた近くのテーブルで、若い女性グループが、小声でこんな話をしていたのが聞こえた。

「運命的な出会いって何？」

「アプリらしいよ？　マッチングアプリ」

「え、いいな。どこの？」

「ウィルウィルだったかな」

――そうか。先生、アプリ婚なんだ。

通常なら聞き流すだけのお喋《しゃべ》りが、どうしても輪花の脳裏にこびり付いてしまった。おかげでマッチングアプリの話題が出るだけで、どうしても過敏に、悪い方に反応してしまう。

……いや、べつにアプリ婚そのものを非難したいわけではない。マッチングアプリは、あくまで出会いを提供するツールに過ぎない。そこから交際を進めて結婚に至るかはカップル次第だし、実際片岡と新婦――名前は莉愛《りあ》といった――の関係は、真剣なものだったはずだ。

ただそれでも、どうしても煮え切らない想いが、輪花の中に燻《くすぶ》っていた。

――アプリの向こうに無数に存在する素性の分からない女達に、なぜ先生は、愛を求めたのだろう。

――私は三年間、先生のそばにずっといて、先生も私のことを、とても理解してくれていたはずなのに。

いや、もう考えるのはよそう。所詮《しょせん》は卒業と同時に終わった恋だ。

輪花は深く息をつき、ジョッキの残りを一気に飲み干した。

芳樹に肩を預けながら、静まり返った夜の住宅地をふらふらと歩き、ようやく帰宅した時には、すでに日付けが変わろうとしていた。

輪花が住んでいるのは、東京郊外の戸建ての家だ。小さい頃に実家を引き払って引っ越し、今もここで父と二人で暮らしている。

担ぎ込まれたリビングのソファにごろりと寝かされ、輪花はぼんやりと、明かりの点《つ》いた天井を見上げた。すぐに芳樹がグラスに水を汲《く》んできて、テーブルに置いてくれる。

案の定、すっかり酔い潰れてしまった。いや、もともと酔い潰れるつもりでいたから、これでいいのだ。

「ねえ、お父さん……」

着換えにいこうとする芳樹を、輪花は弱々しい声で呼び止めた。

「なんだ？」

「やっぱあれ……私に、嫁に行ってほしい？」

自分がなぜそんなことを尋ねたのか——。輪花自身、よく分かっていなかった。

芳樹が一瞬口を噤《つぐ》む。だがすぐに呆《あき》れた体で、「苦手なんだろ？」と言い返してきた。

「苦手なんだから、無理することないんじゃないかな」

「苦手って、何それ？」

輪花は身を起こすと、ソファの上にどっかりと胡坐《あぐら》をかいて、ふてくされてみせた。

芳樹が苦笑する。

「誰にでも得意不得意はあるだろ。お前、小学校の頃から、好きな子ができても自分から離れてしまうじゃないか」

「そんなことないよ」

「中学も高校もそうだった。苦手なんだよ、恋愛が」

そう言って、芳樹はリビングから出ていった。

輪花は無言で父を見送り、もう一度ソファに横たわった。

再び天井を見る。眩《まぶ》しい。視線を動かす。壁際の棚に、いくつもの写真立てが並んでいる。いずれも家族の写真だ。

輪花が小学生の頃。中学生の頃。高校、大学、成人式――。

どれも、父と二人で写っている。

だがその中心に飾られている数枚だけは、違う。

まだ幼い、園児だった頃の輪花。しわも白髪もない、若々しい芳樹。

その二人と並んで立つ、若く美しい女性――。

「お母さん……。今頃どこにいるんだろう」

母が家を出ていって、二十五年になる。

輪花は目を閉じて、朧《おぼろ》げな記憶を巡らせた。

あれは――ここへ引っ越す前の町。

場所は、近所の児童公園だったと思う。

おもちゃの大きな指輪、いや、確かキャンディーだったか。それを指にはめて遊ぶ輪花に、母が言ったのだ。

「輪花の花嫁姿、早く見たいな」

輪花はそれに応《こた》えるべく、満面の笑みを浮かべ、指輪を母の前に掲げてみせた。そういうことではない、と今なら分かるのだけど。

直後、ぎゅぅ、と抱き締められた。

「あなたは、幸せになるのよ」

その囁《ささや》きが、輪花が覚えている母親の最後の声になった。

あの日を境に、母は輪花の前から姿を消した。

それから二十年以上が過ぎた——。輪花は、恋することができずにいる。


ふと目を覚ますと、深夜の二時を回っていた。

輪花は重たい体を持ち上げ、ようやくソファを離れた。

シャワーを浴びるのすら面倒で、そのまま自分の部屋に移る。ドアを開けるとすぐに、壁中に貼られた何枚もの絵が、輪花を出迎えてくれた。

どれも、自分が子供の頃に描いたものだ。白の画用紙にクレヨンで、つたない線が縦横無尽に引かれている。

小さな女の子と、大きな男の人と、大きな女の人が並んで笑っている。これは輪花の家族を描いた絵だ。

小さな女の子と、エプロンをした大きな女の人。きっと幼稚園の先生だろう。

そしてもう一枚。小さな女の子と、赤い服を着た大きな女の人と、四葉のクローバー。これは……何の絵だったか。

古い記憶の名残を漫然と眺めてから、輪花はベッドの上に、仰向《あおむ》けに転がった。

母が家を出ていった理由を、輪花は知らない。父は何か心当たりがあるようだったが、自分からそれを口にしたことはない。

聞けば、何か分かるだろうか。

しかし、それを聞く勇気は、自分にはない。

理由を知るのが怖い。家族が突然いなくなるということは、よほどの理由があるに違いないからだ。

親子三人で並んで笑っていた、その笑顔のどれかが、偽物だったはずだからだ。

事実、母は輪花を裏切った。いつか帰ってくると信じていたのに、戻ってくることはなかった。

父に理由を聞けば、また裏切られる気がする。輪花の知らなかった、知りたくもない一面を、嫌でも見せられることになってしまう。そんな確信が、どこかにある。

だから――恋することも、怖いのだ。

別れることになったらどうしよう。裏切られたらどうしよう。いや、いつまでも続く恋など、あるはずがない。たとえ夫婦であっても、ある日突然裏切るのだから。

――ああ駄目だ、こんなんじゃ。

枕元のスマホを手に取る。ホーム画面に、いくつものアイコンが並んでいる。その中に、Wの文字が重なったアイコンがある。今日何度か名前を耳にした、マッチングアプリだ。

まだ起動したことはない。勧められるままにダウンロードしたものの、指を触れることは一生ないだろうと思っていた。

このアプリの向こうには、大勢の男性がいる。

過去に会ったこともなければ、話をしたこともない。何を考えているかも分からない。まったく素性の知れない男達の、いったい何を信じればいいのだろう。

ここにいる男の人達を信じたって、きっと裏切られる。

信じて裏切られたら、もう二度と立ち直れない気がする。

そう、片岡先生の結婚を盛大に祝った、今日のように。

――あなたは、幸せになるのよ。

「お母さん……」

無理だよ、と言いかけた。

でも――それは、母を裏切る言葉でもある。

まだ酔いの醒《さ》めきらない頭で、輪花はゆっくりと、身を起こした。

アプリに触れた。

スマホの画面が白く染まり、すぐに「ウィルウィル」と書かれたタイトル画面が現れた。

――はじめまして。まずは、あなたのプロフィールを登録してください。

そんなメッセージに誘われるがままに、輪花は軽く髪を直すと、まっすぐ自分にカメラを向けた。

過去に囚《とら》われた寝室に、一筋の光を走らせるかのように――。

パシャリ、と乾いた自撮り音が鳴り響いた。

3

水槽の、青白く昏《くら》い光に満たされた部屋で、永山吐夢《ながやまとむ》は一人、黙々とスマホをいじり続けていた。

閉ざされたカーテン。敷かれたままの布団。点《つ》くことのない蛍光灯。

まるで海の底のようなアパートの一室で、ただ水槽とパソコンだけが、微《かす》かに各々のファンを鳴らしている。

家具は、ろくにない。ゴミは、こまめに捨てている。

スマホの画面を叩《たた》く。ケーブルで繋《つな》がったパソコンに、アルファベットだらけのウィンドウがいくつか現れる。それを軽く目で追い、一度すべて閉じたところで、吐夢はいつものアプリを起動した。

――ウィルウィル。

新着のプロフィールを一つ一つ確かめる。見知らぬ女達が、笑顔で、あるいはクールに、あるいは激しく加工された顔で、次々と現れては消えていく。

自分を満たしてくれる女性に、吐夢はまだ出会ったことがない。

顔が美しくなくてもいい。肌を重ね合う必要などない。ただこの孤独な心を優しく包み、ずっと一緒にいてくれるだけでいい――。そう思っていても、条件に合う女性はなかなか現れない。

ウィルウィルだけではない。いくつものマッチングアプリで、何度も試した。

何人もの女性と会い、失望させられてきた。

最近はプロフィールを見ただけで、「地雷」が分かるようになってきた。

例えば、露出の多い服を着ている女性。自分のSNSアカウントをアピールする女性。こういう連中は、どうせ自分を満たすことしか考えていない。だから、会う価値などない。

プロフィールをひととおり眺め終え、吐夢はパソコンの前から立ち上がった。

水槽に近寄り、覗《のぞ》き込む。

水の底に敷き詰められた白い砂の上に、ゴツゴツした灰色の塊が座す。まったく微動だにせず、岩のようでもあるが、よく見ればギョロリとした目と、大ぶりの口がついているのが分かる。

ダルマオコゼ、という生き物だ。飼い始めて一年になる。

まるで魚に思えない、このずんぐりとしたフォルムが、吐夢は好きだった。

いや、オコゼだけではない。触手のようなヒトデ。寸詰まりのタコ。異形の虫――。海の底にいる生き物は、どれも愛《いと》おしい。

颯爽《さっそう》と泳ぐことなく、誰からも目を向けられず、ただ奇怪な姿で静かに己の命を全うする。その様は、まるで自分自身を見ているかのようだ。

水槽に小さく切ったイカを入れてやると、それまで岩のふりに徹していたダルマオコゼが、のそり、と蠢《うごめ》いて、白い塊に食らいついた。

しばらく眺めてから、吐夢は視線をスマホに戻した。

また、新着プロフィールが届いている。あまり期待せずに、開いてみた。

――リンカ。

そんなハンドルネームとともに、写真が表示された。

飾りっ気のない女だった。

長い黒髪が微かに乱れ、メイクも少しばかり崩れている。服装は地味なスーツ。まるで、仕事から帰ってきた直後に何となく思いつきで撮った、というような、あまりにも雑な自撮りだ。

写真は地味だが——素の美しさが分かる。

黒く澄んだ瞳《ひとみ》。すっと通った鼻筋。ふっくらとした唇。

歳は二十九。都内在住で、ＯＬとして勤務——。プロフィールに書かれている情報は、こんなところだ。

吐夢は今一度、彼女の写真に目を向けた。

背後に雑然とした部屋が写り込んでいる。自宅で撮ったのだろう。

被写体と背景とを、交互に見た。何度も、何度も。写真の背景には様々な情報が隠れている。それが部屋の中ならばなおさらだ。

何分ほど、そうしていただろうか。突如として「予感」めいたものが、はっきりと固まってくるのが分かった。

——この人だ。

吐夢は思った。

後々、この出会いが運命だったということを確信するが、今の気持ちはただ会いたいと願うのみだった。

――この人に、会いたい。

――リンカさん、貴方《あなた》に、会いたい。

光に餓《う》える深海魚の如く、吐夢は渇望に震える指で「いいね」をタップした。

第二章　洗　礼

1

マッチングサービス――。その市場規模は巨大で、今なお拡大している。

マッチングアプリが若者達の間で広く認知されるようになったのは、二〇一〇年代前半。アメリカで大学生を対象として配布されたものがヒットし、後追いで次々と新しいアプリが世に出るようになったとされる。

日本国内でも同様に、多くのマッチングアプリが出回っている。特にコロナ禍では、他者とのやり取りがオンラインになり、飲み会が自粛されるなど、出会いの場が広く制限されたこともあって、アプリの利用者が急増したという。

不特定多数に自身のプロフィールを晒《さら》し、特定の相手と実際に出会う――。それだけ聞くとハードルが高そうだが、実際のところ、必要な手順はそう多くない。

自分の顔写真や年齢、趣味などを登録すると、プログラムが独自の処理をおこない、同じ登録者の中から「合いそうな」相手を選び出す。もちろん、自分から好みの要素を絞って探すこともできる。そうして好みだと感じた相手を見つけたら、「いいね」などのサインを送ってアプローチをかける――。

基本はこれだけだ。後は、向こうから同じリアクションがあれば、マッチングは成功。ただ、ここから先はメッセージのやり取りという、昔ながらのコミュニケーションが必要になる。

実際に会ってデートするにしろ、連絡先を交換するにしろ、いずれも、そこに漕《こ》ぎつけるだけの力量は、利用者個人にかかっている。マッチングアプリそのものは、あくまで出会いを提供するのみ。ある意味で健全だし、逆に言えば放任主義とも言える仕様だ。

ただ少なくとも、こうしたアプリのユーザーは、ほぼ確実に「出会い」を求めている者ばかりだ。だから、普通に身の回りの人間を探して交際を申し込むよりは、遥《はる》かに成功率が高い……とも言われる。

全体的な傾向としては、やはり若い利用者が多い。しかしアプリやスマホそのものの普及に伴い、年齢層も拡大傾向にある。

そもそも――男女が出会いを求めてインターネットを利用する、という話は、決して新しいものではない。スマホが普及する以前から、パソコンのチャットルームを通じて出会いを模索する者は、後を絶たなかった。

インターネットが現れるよりも前は、「ダイヤルQ2」と呼ばれるテレフォンサービスによる出会いも盛んだった。実際、Q2に関わっていた地方の会社が形態を変え、今ではマッチングサービス市場に参入している、というケースもある。

人が恋を求める想いは、いつの時代も変わらない。逆に言えば——そこに付け込む悪意ある者達の存在も不変だ。

売春。ストーキング。強制性交。結婚詐欺。美人局《つつもたせ》。マルチ商法や新興宗教への勧誘……。マッチングアプリの使用に端を発した事件やトラブルの報告は、こちらもやはり、年々増加の傾向にある。

だから——本来なら、刑事である私がこんなものに手を出してはいけないのだろう。

西山茜はそう思いながら、自室のベッドで、ぼんやりとスマホを眺めていた。

ウィルウィルが表示されている。事件の捜査のため……ではない。純粋に会員になって、もう一年が経つ。

警察官という職業に就いた頃は、結婚はおろか、恋愛のことなど一切考える余裕がなかった。仕事は常に激務で、休みなどあってないようなもの。何より、社会の治安を守り、正義のために生きると決意した自分が恋に現《うつつ》を抜かすなど、許されないことなのだ、と——。

……なぜそんな馬鹿げた理想を、あの時の私は、本気で抱えていたのだろう。

四十を前にし、そう後悔することが、すっかり多くなった。

非番の日に帰宅し、迎えてくれる人がいないガランとした部屋を目にした時の虚《むな》しさが、悪い意味で心に染みる。これならいっそ、職場に泊まり込んだ方が気が楽なのだが、あいにくこちらが女性であることを気遣ってか、周りが家に帰したがる。

だから——家に一人でいると、どうしてもアプリを開いてしまう。

今まで、何人の男とマッチしただろうか。

数は覚えていない。幸いこの年齢でも、興味を持ってくれる男性はいると見えて、コミュニケーションを取った相手はそれなりに多い。

中には、実際にデートをしてみた男性もいる。ただ、交際に至ったケースはゼロだ。不倫が目当ての妻帯者だったとか、詐欺の勧誘だったとか、そういう男もいた。しかし圧倒的に多かったのは、こちらが職業を明かした瞬間、態度を変えた男達だ。

目を泳がせ、焦るようにして解散し、そのままフェードアウトした者。

逆に好奇心を剝《む》き出しにして、巷《ちまた》の事件について根掘り葉掘り聞き出そうとした者。

いや、そこまで露骨でなくとも、ただこちらが警察官だというだけで萎縮《いしゆく》し、交際を拒否しようとする男は多い。たとえ身に疚《やま》しいところがなくとも、何か心に壁のようなものを感じてしまうのかもしれない。

だから西山は、いつまでも孤独だ。自分が警察官でいる限り。

溜《た》め息をつきながら、アプリを閉じた。

それからふと思い立ち、別のＳＮＳを起動する。「アプリ婚」で検索すると、いくつもの投稿がヒットする。

幸せそうなカップルの写真。やっかみ交じりの誹謗《ひぼう》中傷。怪しい広告。などなど。

しかし、目当てはこれらではない。西山は目を走らせ、目的の投稿を見つけた。

――アプリ婚連続殺人。

ニュース記事を引用したものだ。もうかなり拡散されている。

現場はいずれも東京都内。利用者はすべて、マッチングアプリ「ウィルウィル」を通じて出会い、結婚している――。

すでにここまでは、世間に知られた事実だ。

特にウィルウィルの名が広まったのは痛い。当初、捜査本部はこれを犯人に繋《つな》がる有力な手がかりとして、公表を控えていたのだが、あろうことか何者かにネットで拡散され、週刊誌にまで書かれて一気に広まってしまった。

犯人は、何らかの形でウィルウィルに関わる者――。確かに、そこは間違いないだろう。男と女が交わる場には、常にトラブルが生じる。古くからあるパターンだ。

ただ、一つ問題があった。

……誰もいないのだ。これまでの被害者全員と関わる、共通の人物が。

殺されたカップルは三組。人数にして六人。そのうち女性側三人と男性側三人を分け、過去にマッチした相手で被《かぶ》っている人物がいないかを、徹底的に調べた。

しかし、あいにく該当者はなし……。中には、過去に詐欺や強制性交の前科があってマークされている者もいたが、いずれも被害者達との接点は薄く、ましてやカップル三組の殺害に至るであろう人物は、一人として見つからなかった。

だとしたら——視点を変えた方がいいのかもしれない。

例えば痴情の縺《もつ》れのような、ありふれた個人の怨恨《えんこん》ではない。もっと違う動機を持った、何者かの仕業……。

そんなことを考えていたら、不意に部下の堀井からメールが入った。

『先輩、非番の日にすみません。また週刊誌にやられました』

「いったい何……」

嫌な予感しかしない。ベッドに身を起こし、いくつか心当たりのある週刊誌のSNSアカウントを見る。

すぐに、鮮烈な見出しが目に留まった。

——鎖で縛られ、顔を裂かれる！　幸せなカップルをつけ狙う、現代の猟奇殺人！

アプリ婚連続殺人事件、その犯人像に迫る！

「ああ、やられた……」

とてつもなく最悪な気分で、西山は呻《うめ》いた。

警察だけが摑《つか》んでいる情報がこれでなくなったのだ。

記事を読めば、被害者の両手が互いに繫ぐように縛られていたことや、顔の裂き方がバッ印であったこと、現場に写真が残されていたことまで、細かく載ってしまっている。

手口が世間に知られた。これから先、何が起こるか――。

いくつもの悪い可能性が頭に浮かび、西山は苛立《いらだ》ちのあまり、スマホを枕に投げつけた。

2

「にしても、写真ひどくない？」

「べつにいいじゃん。こういうのでかっこつけるの嫌だし」

隣の席から人のスマホを勝手に覗《のぞ》き込んで駄目出ししてきた尚美に、輪花は仏頂面で言い返した。

ナガタウェディングの昼休みは、特に時間で区切られているわけではない。スタッフごとに動ける時間が異なることもあって、だいたい休憩できる者から勝手に休憩していくことになる。

それでも同じ部署にいる女性同士、休憩時間を合わせることはざらにある。今日も輪花は、尚美に加えて後輩の工藤未菜《くどうみな》とともに、揃って弁当を食べていた。

その会話の中で、自然とウィルウィルの話題になったのは、やはり先日の片岡の一件があったからだろう。尚美から散々「登録した？」と繰り返し聞かれ、輪花がつい頷《うなず》いてしまったのが運の尽き……だったのかもしれない。

今輪花のスマホの画面には、ウィルウィルに登録したばかりの自分のプロフィールが開かれている。改めて見ると、確かにひどい写真だ。

「いや、かっこつけろとは言わないけどさ。せめてメイクぐらい直した方が——」

「あー、ノーコメント」

さすがに「酔った勢いでセンチメンタルになって撮った」とは言えない。仕方なく輪花が視線を逸《そ》らす。そのどさくさに紛れて、尚美がひょいとスマホを奪い取る。プライバシーも何もあったものではない。

「あ、でも輪花さんすごいいじゃないですか」

未菜が向こうの席から身を乗り出し、これまた勝手に、輪花のプロフィールをスクロールする。この後輩、悪いところばかり尚美に似てきているから困る。

「いいね百十三件。私なんか二十件くらいしかないのに」

「そういうの、いちいち確かめなくていいってば」

「未菜、こういうのは量より質なの。どれどれ……あ、ほら、この辺明らかに地雷じゃん。はいブー。これもブー。ブー。ブー」

尚美が勝手に男性側のプロフを整理していく。輪花は呆《あき》れながらも、彼女に任せておくことにした。

どうせ酔った勢いで登録しただけのものだ。本気で期待などしていない。煩わしい作業を代わりにやってくれるなら大助かりだ。

……と、そう思いながら冷めた弁当を頬張っていたら、不意に尚美の指が止まった。

何やら、気になる男性がいたらしい。

「これどう？　トム。二十五歳」

にゅっ、と顔の前にスマホが突き出された。

輪花が目をやると、そこには一人の若い男性が写っていた。

やや伸びた金髪。前髪で覆われ気味の黒目がちな瞳《ひとみ》。人懐っこそうな、爽《さわ》やかな笑み。

外見は――確かに悪くはない。

「年下だね。……お、相性すごい。マッチング率97パーセント出ました！」

尚美が声を張り上げる。周りの同僚達が「おー」といっせいに拍手をした。

「じゃあ、いいね返しとくよ？」

「返さなくていいから……」

さすがにそこまでお任せにはできない。輪花は急いで手を伸ばし、尚美からスマホを奪い返した。

そんな時だ。室長の田邊仁《たなべひとし》が声をかけてきたのは。

「伊藤さん、唯島さん、ちょっといいかな？」

「はい、輪花ならば何なりと」

尚美が笑顔で応《こた》える。輪花が軽く彼女を睨《にら》むのを、田邊は「いつものこと」と言わんばかりに軽く流し、すぐさま本題に入った。

「二人とも、明日の午前中空いてるよね？　十一時から取り引き先とのミーティングがあるんだけど、ちょっと出てほしいんだ。急で悪いけど」

「取り引き先？」

「ウィルウィル。マッチングサービス会社。聞いたことない？」

それなら――よく知っている。

「今、そのウィルウィルと共同企画を進めてるところでね。先方が急遽《きゅうきょ》現場の声を聞きたい、と。特に現場主任のかたにはぜひってことだから、よろしく頼むよ、唯島さん」

有無を言わさぬ調子なのは間違いなかった。輪花が頷くと、隣で尚美が「奇遇じゃん」と囁《ささや》いた。

とりあえず、もう一度睨んでおいた。


平日ともなれば、式を挙げるカップルは多くないが、それでも顧客との打ち合わせは常に入る。むしろ、そのための時間といってもいい。

この日は午後から新婦のドレス選びがあった。母親同伴で訪れた彼女は、二十代半ば。ウェーブにした髪を茶色に染め、メイクは濃く、肌もこんがりと焼けている。決して偏見を持っているわけではないが、彼女があまり全うな生き方をしてこなかったことが、親子の会話の端々から窺《うかが》えた。

それでもウェディングドレスを試着した姿は、正真正銘、幸せに満ちた花嫁だった。

「あんたも、幸せになるのよ」

母親に優しく言われて涙ぐむ新婦を、輪花はどこか自分に重ねるような気持ちで見つめていた。

——輪花の花嫁姿、早く見たいな。

——あなたは、幸せになるのよ。

自分の母が去り際に囁いたあの言葉が、どうしても頭の中に蘇《よみがえ》った。

だからだろう。帰りのバスの中で、輪花がふと思い立ち、ウィルウィルのアプリを起動したのは。

昼休みの時よりも、いいねの数が増えている。ざっと眺めたが、やはり気になる相手は、あの金髪の笑顔の青年だけだった。

トム。二十五歳。マッチング率97パーセント。

「――まずは第一歩」

過去に立ち止まり続ける限り、幸せにはなれない。

輪花は呟《つぶや》き、そっと「いいね」を返した。

――マッチングが成立しました！

自分とトムの写真が左右に並び、そんな文字が表示される。次のステップでは、実際にメッセージのやり取りをすることになるようだが、今はひとまずここまででいいだろう。

そう思ってアプリを閉じ、スマホをバッグにしまおうとした時だった。

不意に、通知音が鳴った。

もう一度画面を見ると、ウィルウィルにメッセージが届いていた。

立ち上げると、すぐに新着通知の表示とともに、トムの顔写真とメッセージが画面に映し出された。

『リンカさん、はじめまして。トムと言います。マッチングありがとうございます。よろしくお願いします！』

「……え、早すぎ」

いいねを返して、まだ一分と経っていない。あんな爽やかな風に見えて、意外とがっつくタイプなのか。いや、マッチングサービスを利用している以上、それが普通なのかもしれないが。

輪花はよく分からないまま、片手で文字を打ち込んだ。

『よろしくお願いします』

我ながらつまらない返事だ、と思ったが、これ以上の言葉が思い浮かばない。とりあえず送信し、今度こそスマホをバッグにしまう。

直後、また通知音が鳴った。

タイミングよくバスが目的地に着いたので、輪花はひとまず無視しておくことにした。

それから帰宅するまでに、トムからのメッセージは二十件近く届いていた。

3

「いいじゃん、それだけ積極的ってことでしょ」

尚美の楽観的な言い方に、輪花は「本当にそう思うの？」と、今朝から何度目かの疑問をぶつけ返した。

一夜明け、出勤したナガタウェディングのオフィスで、当然のように尚美から進捗《しんちょく》状況を聞かれた。そこから先は昨日とまったく同じ流れだ。瞬く間にスマホを奪われ、今は昨夜のトムとのやり取りを入念にチェックされている。

主に、輪花が駄目出しされる形で。

「確かにメッセージ量すごいけどさぁ、べつに変な質問とかされてるわけじゃないし。ていうか、むしろ輪花の方が素っ気なさすぎ」

「だって……何話せばいいか分からないし」

輪花は唇を尖《とが》らせて答えた。

昨夜帰宅した後、落ち着いてからトムとのやり取りを再開した。彼からのメッセージはすでに何十件もあったが、普段何をしているかから始まり、互いの仕事や趣味のことなど、どれも言ってみれば普通の会話の範疇《はんちゅう》だった。

そもそも、トムのメッセージの大半は、自己紹介に費やされている。曰《いわ》く、仕事が不定休。曰く、生き物が好き。曰く、人ごみは苦手――。ならば輪花もそこに乗っかり、自己紹介を交えて会話を繋《つな》げていくのが自然だろう。

なのに、輪花のレスがいちいち素っ気なかったのは事実だ。

『そうなんですか』

『そうですね』

『そうだと思います』

……だいたいこんな返答しかしていない。これではむしろ、トムの方が困惑していたのではないか。

どうすれば輪花が会話に乗ってくれるのか。試行錯誤するうちに、自然とメッセージの量が増えて、一方的なやり取りになってしまった――。案外そんなところかもしれない。

『僕ばかり話してすみません！　リンカさんの話も聞かせてください』

メッセージはそこで途切れている。ついさっき、出勤中のバスの中で届いたのが最後だ。

「ほら、ちゃんと応えてあげなよ。でないと、代わりに私が応えちゃうよ？」

尚美がそう言いながら、輪花のスマホをいじり出す。何となく眺めていたら、どうやら本気で何か書き込もうとしているらしい、と気づいた。

「ちょ、何やってんの！」

「あー、いいからいいから」

「よくないっ！」

慌てて尚美の手からスマホをもぎ取ろうとしたが、遅かった。

『今度ぜひお会いしましょう』

そんな――予想以上に積極的なレスが、輪花のスマホからトムのもとへ、勝手に送信されたところだった。

思わず天井を仰ぐ。隣で尚美が笑っている。

そこへ、室長の田邊が近づいてきた。そういえば、これからウィルウィル社とのミーティングがあるのだ、と思い出した。

「唯島さん、伊藤さん、そろそろ時間だよ」

言われて、輪花は憂鬱《ゆううつ》な面持ちで立ち上がった。

田邊と他数人に輪花、尚美を加えて会議室に入ると、すでにウィルウィル社から来た三人が着席して待っていた。

スーツ姿の男性が二人と女性が一人。さっそく名刺の交換をし、順番に和田《わだ》拓馬《たくま》、影山剛《かげやまつよし》、椎名楓《しいなかえで》という名前だと知る。この中では紅一点の楓が企画担当者で、影山はアプリ開発に携わっているチーフエンジニアだという。和田については「総合イマジネーション部長」という、よく分からない肩書きだけが添えられていた。

「それでは、うちウィルウィルと、ナガタウェディングさんの合同企画始動ということで、よろしくお願いします」

正面のスクリーンに映し出された企画書の前に立って、和田がさっそく進行を始めた。

和田は年齢不詳の童顔の持ち主である。表情は終始にこやかだが、営業用の作り笑いなのが露骨に分かる。一方で、時おり眼鏡越しに嘗《な》めるような視線をこちらに送ってくることがあって、輪花は内心辟易《へきえき》した。

ちなみに企画の内容については、まだほとんど固まっていないようだった。ただ、出会いを提供するマッチングサービスと、そのゴールである結婚式を結びつけ、カップルの交際を全面的にサポートしていく――というのが趣旨らしい。

「ちなみにお二人は、いかがですか？　マッチングアプリ、使ったことあります？」

「え？　あ、いえ……」

突然和田から話を投げかけられて、輪花がとっさに首を横に振りかける。だが、尚美がすかさず口を挟んだ。

「もちろんありますよ。唯島も、ついこないだからウィルウィルさんに。ね？」

余計なことは言わなくていいのに、と輪花が睨《にら》む。だが、今の尚美の一言で場が和んだのは確かだった。

「本当ですか？　それはありがたい！　なあ、影山？」

「いや、僕に言うなって――」

「唯島さん、うちのアプリはこの影山が作ったんですよ。こんな無精ヒゲ生やしてますけど、有能でね」

「ヒゲは関係ないだろ」

和田の軽口に、影山がいちいち照れた笑いを浮かべてみせる。

その時輪花は、初めて影山剛の顔をきちんと見た。

大人びた、優しい顔立ちだった。

歳は三十代後半といったところか。緩く伸ばした黒髪と、上唇に這《は》わせた口髭《くちひげ》が、どこか野性味を感じさせる。それでいて、和田が言うような無精さはまったくない。よく見れば髪もヒゲも丁寧に整えられ、完成されたファッションとして、彼のルックスに馴染《なじ》んでいるのが分かる。

「今回の企画会議でお二人に参加していただいたのも、影山の発案なんですよ。特に主任コーディネーターのかたにはぜひ、と」

「もう、余計なこと言うんじゃないよ」

影山がまた笑う。内側から滲《にじ》み出るようなその笑顔には、和田と同じ作り物めいた感じが一切ない。

「……影山さん、笑顔が素敵」

思わず見惚《みと》れていると、耳元で尚美が囁《ささや》いた。輪花は軽く小突いておいた。

ひととおり緊張が解《ほぐ》れたところで、和田が正面のスクリーンに、データを映し出した。アプリの利用者数と年齢・性別を示したグラフで、やはり二十代を中心に増加傾向にあることが分かる。

「こうして見ると、なかなかの数ですね」

田邊が感心したように頷《うなず》く。だが和田は、その作り笑いを苦笑の形に歪《ゆが》めてみせた。

「だといいんですがね。まあ、ちょっとここ一ヶ月は、例の件がありまして」

「例の件?」

「ご存じありませんか? これです」

そう言って向かいの席から椎名楓が、自分のタブレットをすっと差し出した。

画面に週刊誌の記事が表示されている。見出しの中に「アプリ婚連続殺人事件」の文字を見つけ、輪花はピンときた。

先月から巷《ちまた》を騒がせている有名な事件だ。マッチングアプリを通じて交際、結婚に至ったカップルが殺害されるというもので、そのアプリが他ならぬウィルウィルであるという事実も、すでに世間の知るところとなっている。

「被害者がうちの利用者だっていうのがネットで広まってから、登録者数が一気に減ってしまったんです」

「ひどい話ですね。しかも、これ……」

田邊が記事に目を走らせ、絶句する。

——鎖で縛られ、顔を裂かれる！

あまりにも残忍な手口が、誌面に躍っている。今まで「殺害された」という表現でしか報道されていなかったはずだが。

「これはつい昨日発売された週刊誌です。ていうか……こんな殺し方だったんだって、初めて知りました」

楓が不快そうに顔を歪めた。田邊も尚美も、影山も和田も、誰もがそれに倣う。

いったいどんな人物が、何の目的で、こんなおぞましい犯行を繰り返しているのか。

各々が心の中に、思いつく限りの凶悪な犯人像を浮かべているに違いない。

輪花も同じように想像を巡らせ——ふと思った。

……意外と、誠実な人かもしれない。

なぜそんなイメージをしたのかは、自分でも分からなかった。

ただ、犯人が毎回同じ殺し方を几帳面《きちょうめん》に繰り返す様から、何となくそう感じた——。

それだけかもしれない。

そんな時だ。不意に、輪花のスマホが震えたのは。

チラリと目を向ける。ウィルウィルのアプリに、トムからのメッセージが届いていた。

『メッセージありがとうございます。嬉《うれ》しいです。いつお会いしましょう?』

……来てしまった。それはそうだろう。会いましょうと送れば、そうなる……。

今さら断ることはできない。輪花は、隣からチラチラとスマホを覗《のぞ》き込んでくる尚美を、無言で睨み返すのだった。

×

窓の向こうには東京の夜景が広がっている。

「うわ、和田さん、また覗いてるし」

ふと背後から蔑《さげす》みの声を投げかけられ、和田拓馬はパソコンを操作する手を止めた。

耳に着けていたヘッドホンを外して軽く振り向くと、椎名楓が顔をしかめて佇《たたず》んでいる。メイクを直してバッグを肩にかけているから、これから退社だろう。

こうして見るとそそられなくもないが、正直見飽きた顔だ。和田は心の中で楓にそう評価を下しつつ、「え、何?」と適当に返した。

「何、じゃなくて、また覗いてるでしょ」

楓がなおも咎《とが》める。今、和田が座っているデスクのパソコンには、ウィルウィルを通じてやり取りされたユーザーのメッセージ履歴が表示されている。

もっとも、その数はもちろん膨大だ。だから閲覧の際は、目的のアカウントを指定することになる。

和田が見ていたのは、今日の昼間に打ち合わせで会ったナガタウェディングの女性――唯島輪花の履歴だった。

「覗きって言い方やめろよ。パトロールだよ」

和田は嘯《うそぶ》いた。実際のところ、興味本位で覗いていたのは間違いない。

唯島輪花のプロフィール。顔写真。どんな男と、どんな会話をしているのか――。

この仕事をやっている以上、登録者の個人情報は簡単に手に入る。もっとも、それをどこかに晒《さら》したりするわけではない。あくまで個人で「楽しむ」のが目的だ。

同僚には、規約違反のパトロールだと説明している。だから、特に社内でコンプライアンス的な問題になることはないだろう。

そもそも地位だけで言えば、和田の方が楓よりも格上だ。だから彼女には、とやかく説教を垂れる権利などないはずだ。

「あ、影山さん、見てくださいよ。また和田さんが――」

向こうから歩いてきた影山剛に、楓が告げ口する。面倒臭いと感じながら、和田は閲覧ソフトを閉じた。

「和田、お前何考えてるんだよ。これから一緒に仕事する人だろ？」

影山が鬱陶《うっとう》しい正義感を振りかざしてくる。こういう手合いが、和田は本当に嫌いだ。

「いいだろべつに。どんな子か確認しただけだよ」

もう見ないよ、と言いながら和田は立ち上がり、パソコンの前を離れた。

背中に二人の視線を感じる。侮蔑《ぶべつ》に満ちた視線だ。慣れてはいるが、不快には違いない。

和田はそそくさと廊下に逃げた。

廊下からも夜景が見渡せる大きな窓があった。マッチングビジネスがどれだけ儲《もう》かるのか、この廊下ひとつで把握できる。

夜の八時。ウィルウィル社のオフィスには、まだ大勢の人間が残っている。そのうち女性は三割と言ったところか。

――まあ、といったって、その半分以上は大したもんじゃないけどな。

和田の頭には、異性のことしかなかった。

結婚もしていなければ恋人もいない。派手に女遊びをするわけでもない。風俗を利用したこともないし、しかも周囲には秘密にしているが、女性の経験がない。

ただ——美しい女性を眺め、妄想することは、何よりも好きだった。

若い頃、ちょっとした伝手《つて》があって、ダイヤルQ2用のアダルトコンテンツを作る仕事に携わった。女性が喘《あえ》ぐ演技を録音しながら、密《ひそ》かに興奮を覚えた。しかし一方で、その興奮を感想として口に出すことはできなかった。

これは仕事なのだ、という意識をもって、頑《かたく》なに自分を抑え続けた。それを続けるうちに、相手に気取《けど》られないまま妄想するすべを身に着けた。

気がついたら、すっかり性嗜好《しこう》が歪《ゆが》んでいた。

そういう意味では、今の仕事は天職と言える。ただ椅子に座っているだけで、日本中の女が個人情報を差し出してくれる。想像力を刺激される。まさにより取り見取りだ。

もっとも、どうあってもリアルに手で触れることは、できないのだが。

ふと唯島輪花を思い出す。

美しかった。

着飾ったりメイクで作られた美しさではない。その逆だった。シンプルな美しさを持っている。

アプリ内でさっそく男が言い寄っていた。

金髪の若い男だ。ユーザー名はトム。いや、男の名前なんかどうでもいい。

輪花はあの男と会うのだろうか。デートをし、酒を飲み、ホテルで寝るのだろうか。

下世話な想像が次々と浮かんでくる。いらいらして、和田は煙草を吸いに表に出た。

4

披露宴が土日に集中しやすいこともあって、輪花の休みは基本的に平日が多い。一方トムも不定休だというので、自然と平日に会うことになった。

よく晴れた秋の、木曜日の午前十一時だった。トムがデート場所として指定してきた「しながわ水族館」は、都内でも有名な大型水族館で、広いプールを生かしたダイナミックなイルカのショーで知られる。

——そう言えば最初にやり取りした時、生き物が好きだって言ってたっけ。

輪花はそんなことを思い出しながら、水族館の前に一人佇んで、トムを待っていた。男性とのデートなど久しぶりだった。スマホの鏡アプリを覗き、今一度顔をチェックする。前髪が少し気になる。もともと乗り気でなかったから——という名目で、服装は敢《あ》えて地味なものを選んだが、それでもいざ会うとなると、本当にこれでよかったのかと不安になる。

——こんな調子で、本当に私は恋ができるのだろうか。

——お母さんが言ったように、幸せになれるのだろうか。

顔を上げ、視線を走らせる。そろそろ待ち合わせの時間だが、トムの姿はまだない。と、そこへメッセージが入った。当のトムからだ。

『ちょっと遅れます。先に入って海底フロアで待っていてください』

メッセージには、そう書かれていた。

「……海底フロア？」

イルカショーではないのか、と少し意外に思ったが、輪花は素直に従うことにした。

ただ、実際に館内に入ってみると、やはり奇妙だと感じた。この水族館は、海面をイメージした海面フロアと、海底をイメージした地下のフロアに分かれている。トムが指定したのは海底フロアで、入り口から地上階を通って階段を下りた先にある。

デートで水族館に入るのに、どうして手前から順番に見ないのだろう。

よく分からなかった。もちろん、初めて会う男性の意図など、分かりようもないのだけれど……。

近海の小さな魚達が群れる水槽を眺めながら、海面フロアを進む。途中、ルートが分かれていて、一方は海底フロアへの階段、もう一方はペンギンやアザラシ、イルカのいる、人気のエリアへと繫《つな》がる。

——やっぱり、ここで海底はないでしょ。

どう考えても不正解としか思えない。輪花は後ろ髪を引かれる思いでイルカショーに背を向け、地下への階段を下りた。

着いた先には、巨大なトンネル型の水槽が待っていた。

色とりどりの魚や大きなエイが優雅に舞う世界を、一人歩く。確かにこれはこれでロマンチックかもしれない、と思い直しかけたところでトンネルを抜けると、すぐ近くに小さな水槽が見えた。

プレートに「ハダカカメガイ」とある。知らない名前だ、と思いながら顔を寄せると、そこには明らかに見覚えのある半透明の微小な生き物達が、ヒレを両手のようにパタパタと動かして泳ぎ回っていた。

クリオネだ。愛称は、「流氷の天使」だったか。

「ちっちゃ」

思わずストレートな感想が口を突いて出た。その時だ。

「——リンカさん」

不意に背後で、男の声がした。

ハッとして振り向く。そこに——。

……何か得体の知れない人物が、佇《たたず》んでいた。

鮮やかな金髪を目元まで伸ばした男だった。その肌は透き通るかのように白い。そんな美しい肌が、黒く汚れたトレンチコートを着込み、裾《すそ》からは、これまた濁った色のゴム長靴がはみ出していた。

金色の前髪越しに、感情のない黒い目が輪花を見つめている。輪花はハッとして、何度もアプリの中で見た相手の写真を思い出した。

……トムだ。顔は、確かにトムだ。笑っていない……と言うよりも、表情そのものがないけれど。

しかし、この服装は何だろう。いや、あの写真はほとんど顔だけしか写っていなかったが、それにしても、これは……。

困惑に満ちた眼差《まなざ》しで、輪花は目の前に現れた「トム」を見返した。

まるで、顔と胴がそれぞれ別人で構成されているかのような、ちぐはぐな印象を覚える。

周囲の客達が、彼を避《よ》けて通り過ぎていくのが分かる。気持ちは理解できる。ここに立っている男は、どうひいき目に見ても、不審者だ。

「リンカさん」

もう一度、トムが輪花の名を呼んだ。爽《さわ》やかさはおろか生気すら籠《こも》っていないような、ぼそぼそとした声で。

ブコ、と長靴が鳴る。トムがこちらに一歩近づく。輪花が反射的に引くと、すぐに背中がクリオネの水槽にぶつかった。

「僕は、不運な星の下に生まれてきたんです」

唐突に、トムは語り出した。

「生まれてすぐに、駅のコインロッカーに捨てられたんです。思えば、そこで僕は天に召されてもおかしくなかったのかもしれません。でも、神はそれを許さなかった。ロッカーの中から救い出された僕は、これを、これを――」

震える手で、トムが首元から何かを掲げる。ロケット式のペンダントだ。

「唯一の手掛かりは、この中にあるのです。きっといつか産みの親に会える日を信じて、僕はこれを――」

「あ、あの！」

輪花が声を張り上げた。彼の一方的な独白を止めるために。

トムが口を噤《つぐ》む。輪花は震える声で尋ねた。

「……トムさん、ですよね？」

「はい、氷山吐夢です」

トムの無表情に、ぺたっ、と笑顔が張りついた。

写真で見たのと同じ、爽やかな笑顔だ。だが普通、笑顔は浮かべるものであって、張りつくものではない。

「……いつも、初めて会った人にそういう話をされるんですか？」

「いけませんか？」

「…………」

いけないわけではない。ただ、普通はしないだろう。

輪花は眉《まゆ》をひそめ、トム——永山吐夢の姿を見やった。

……考えるまでもない。そもそも「普通」ではないのだ。この男は。

吐夢の顔から笑みが消え、輪花からすぅっと逸《そ》れる。黒い瞳《ひとみ》が向けられたのは、すぐ背後にあるクリオネの水槽だ。

「ご存じですか？　彼らは——クリオネは、成熟するまでは雌雄同体なんです」

何を言い出すのだか。

輪花がそっと横へずれる。吐夢がブコ、と長靴を鳴らして、さらに水槽に歩み寄る。

「一つの体に両性が共存している。……僕と貴方《あなた》も前世では、一つの身体を共有していたのかもしれません」

「……はい？」

「ああ珍しい。餌を食べてる。リンカさん見てください。クリオネは一般的に天使と言われていますが、餌を捕食する姿は悪魔そのものです。僕はこのおぞましい姿を見るたびに、クリオネという生き物に言い知れぬ愛着を――」

彼のぼそぼそした講釈を最後まで聞く理由などなかった。輪花はすでに吐夢に背を向け、足早に立ち去ろうとしていた。

だがそこで、吐夢が背後から呼び止めた。

「リンカさん」

びくり、と輪花が足を止める。周りの視線が痛い。

恐る恐る振り返ると、吐夢が真顔で口を開いた。

「率直に言います。僕と貴方は、運命で繫がっています」

「……やめてください」

「僕の愛は、どんな深海よりも深い。誓います」

「えっ、と、……帰ります」

そう言い残して、輪花はその場から逃げ出した。

吐夢と別れた後、輪花はしばらく一人、品川《しながわ》の街をぶらぶらした。

せっかく来たのだから遊んでいこう、という気持ちはまったくなかった。むしろ傷心の散歩と言った方がふさわしかった。

——初めてのマッチングアプリで出会った男が、まさかあんな得体の知れないやつだったなんて……。

幸せになる。過去から踏み出す。そんな希望が粉々に砕かれた一日だった。

いや、そもそもなぜ自分は期待などしていたのだろう。初めから分かっていたはずだ。信じるだけ無駄だ、きっと裏切られる、と——。

悲嘆に暮れながら、適当なファーストフード店で安い昼食を済ませた。それから特に興味のないショップを何軒か冷やかし、電車に乗って家に帰ることにした。

……バッグに入れたはずのスマホがないことに気づいたのは、ちょうど駅の改札口へ向かっている時だった。

「わ、最悪……」

どうして今まで気づかなかったのだろう。慌てて服のポケットというポケットに手を突っ込む。だが、そんなところに入っていれば苦労はない。

戻って捜さなければ。でも、いったいどこを？　最後にスマホを見たのはいつ？

——水族館の前。

溜《た》め息とともに駅を出る。と、そこに——。

「リンカさん、捜しましたよ」

そう言いながら、雑踏の中に吐夢が佇《たたず》んでいた。

手に、輪花のスマホを持って。

「……どうしてあなたがそれを？」

「リンカさん、水族館でこれを落としたんです。気がつきませんでしたか？」

知らない。首を横に振る。吐夢がスマホを差し出してくる。輪花は恐る恐る手を伸ばし、彼の手からもぎ取るように、スマホを取り返した。

「あ、ありがとうございます」

「どういたしまして。では、また」

ぺたっ、と不自然な微笑みを顔に張りつかせ、それから吐夢は雑踏の中に歩き去っていった。

薄汚いトレンチコートの背中が見えなくなってから、輪花は急いでスマホを確かめた。

中を見られたりしていないか、と不安に思ったが、いつもどおりきちんとナンバーロックがかかっている。ホーム画面の様子も見てみたが、特に変わりはない。これなら大丈夫だろう。

そう思ったのだが――。

今度こそ電車に揺られながら、ぼんやりとスマホを眺めているうちに、輪花はふと、奇妙なことに気づいた。

……自分が水族館を出てから駅に着くまで、優に数時間はあった。その間、なぜ吐夢はずっとこの街で、輪花を捜し続けていたのだろう。

普通なら、とっくに街を離れていると考えるのが当たり前ではないか。別れてから何時間も同じ街を徘徊《はいかい》し、輪花を捜し続けていたというのは、あまりに不自然だ。

いったいどういうことか……。考え込むうちに、輪花はふと、ある可能性に思い至った。

――跡を、つけられていた？

そう、これ以外に答えはない。

――いや、もし「つけられていた」ではなく、「つけられている」だったら……？

そんな想像をした途端に、全身の肌が粟立《あわだ》った。それから急いで周囲を見回したが、車内にあの金髪の男は見当たらない。

……考えすぎだろうか。しかし、いかにもあの薄気味悪い男がやりそうなことだ。

やがて乗り換える駅に着く。輪花は用心しながら電車を降り、ホームを移動する。途中、何度も振り返り、吐夢の姿がないことを確かめた。

電車を乗り換えた後も、気が気ではなかった。

吊革《つりかわ》につかまる自分の隣に、不意に吐夢が――あの深海の亡霊のような男がすぅっと立ち、無感情な目でこちらを見つめてくる。そしてぼそぼそとした声で、「リンカさん……」と囁《ささや》く——。

そんな錯覚に、幾度となく陥った。

ようやく気持ちが落ち着いたのは、最寄り駅に着いてからだ。

すでに夕方だったが、駅前の書店で時間を潰《つぶ》すことにした。もしかしたら帰宅中の父と落ち合えるかも、という期待が少しあったからだ。

ただ、あいにく少ししてスマホに、父から「今日も遅くなる」とメッセージが入った。輪花は諦《あきら》めて、今度こそ家路に就いた。

日が落ちかけていた。薄暗くなった住宅地を、とぼとぼと歩く。

行く手に、小さな児童公園が見えた。かつて、母と最後に遊んだ公園だ。

引っ越す前は家の近くで、今は隣の地区にある。

——あなたは、幸せになるのよ。

決して忘れたことのない母の声が、記憶に蘇《よみがえ》りかけた。

だが、その声をかき消すかのように。

……ブコ。

ふと——あの長靴の音が、聞こえた気がした。

後ろからだ。

ハッとして振り返るが、薄暗いアスファルトの上には、誰の姿もない。

気のせいだ。そう思い、足を速める。

……ブコ。

また聞こえる。

……ブコ。ブコ。

音が、ついてくる。

……ブコ。ブコ。ブコ。ブコ。ブコ。

吐夢が、追ってきている――。

気がつくと、輪花は走っていた。息を荒らげ、決して履きやすくない靴をバタバタとはしたなく鳴らし、夕暮れのアスファルトを無我夢中で駆けた。

そして、曲がり角に差しかかったところで――。

ドン！　と勢いよく誰かにぶつかった。

「きゃっ！」

悲鳴が漏れた。思わずそのまま手を伸ばし、相手を突き飛ばしかけた。

だが、それは敵《かな》わなかった。逆に両腕を力強くつかみ返され、輪花は今度こそ、本気で悲鳴を上げようとした。

……その声を、耳にするまでは。

「あれ？　唯島さん、ですよね？　どうされたんですか？」

どこかで耳にした声が、すぐ目の前から聞こえた。

優しい、落ち着いた声だ。

輪花はハッとして顔を上げた。

滲《にじ》んだ涙越しに、整った髭《ひげ》と、大人びた眼差《まなざ》しが見えた。

影山剛――。そこには、先日オフィスの会議室で知り合ったばかりの、ウィルウィルのチーフエンジニアが、輪花を落ち着かせようと、穏やかな笑顔で佇んでいた。

……すでに、長靴の音は聞こえなくなっていた。

振り返ったが、街灯の灯《とも》り始めた夕闇のどこにも、やはり吐夢の姿はなかった。

×

男と二人、並んで立ち去るリンカを見送り、吐夢は公園の木陰に隠れながら、軽く息を吐いた。

尾行には慣れている。相手の跡をつける時は、常に隠れる場所を確保しておくのがセオリーだ。姿を見られてはいないだろう。

――それにしても、あの男は誰だ。

リンカの前に突然現れた、髭の男。彼女とは知り合いだったようだが、友人や恋人同士という雰囲気ではなかった。もしかしたら、仕事などで知り合った相手かもしれない。

いずれにしても、調べておいた方がいいだろう。

吐夢はポケットからスマホを取り出し、軽い指さばきで操作した。

耳にはめたイヤホンに、ノイズ交じりの音声が流れ始めた。

『——唯島さんも、この近くにお住まいなんですか？　奇遇ですね』

『びっくりしました。……でもありがとうございます。あ、もうここで大丈夫です。また今度——』

男とリンカの声が交互に聞こえ、それから少しして途切れた。路上で別れたのだろう。

すでにリンカのスマホには自作のスパイアプリを仕込んである。マイクとカメラを介して、彼女の私生活を意のままに覗《のぞ》くことが可能だ。

——リンカさん。いや、唯島輪花さん。

——貴方《あなた》のことを、僕にもっと教えてください。

昏《くら》い瞳《ひとみ》で夕闇を見つめ、吐夢はぺたりと、おぞましくも美しい笑みを張りつかせた。

第三章　悪　魔

1

「今から、あなた達の愛を確かめさせてもらいます」

そう告げると同時に、目の前にいる男女から、揃って汚い罵声《ばせい》が浴びせられた。

特に動じることもなく睨《にら》み返す。言葉も汚いが、見た目も薄汚れた連中だ。

男の方は全裸である。女は、一見純白のウェディングドレスを着ているようだが、よく見れば安物のヴェールに白のランジェリーを合わせただけの、ただのコスプレであることが分かる。

ここは深夜のラブホテルの一室だ。要は、そういう「プレイ」を楽しんでいた、ということだろう。

二人を催涙スプレーで無力化し、鎖で拘束したのが、つい先ほどのことだ。

「助かるのは、一人。一人が死ねば、もう一人は助けます。どちらが死ぬか、自分達で決めるのです。ただし選択権を与えるのは一度きり。三秒与えます」

「……な、何だよそれ。ふざけんなよ」

男が声を震わせる。特にふざけているつもりはない。女の方は目が泳いでいる。チラチラと彼氏のほうを見ているのは、それが「答え」だという意思表示か。

「私が死にます。そう言うだけでいいんですよ」

もう一度、そう告げた。

「どちらかだけでいいのです。そうすればあなた達は解放され、永遠の愛を誓えるのです」

……この男女が式を間近に控えたカップルだというのは、すでに調査済みだ。いや、難しいリサーチではない。彼ら自身が、ＳＮＳで派手に拡散していたのだから。

「おい……。おい！」

男が女を睨み、小声で囁《ささや》いた。進んで名乗り出ろ、とでも言いたげに。

女が大きく首を横に振る。目に涙を浮かべ、すべてを男側に押しつけるべく睨み返す。

……なるほど。やはり、そうなってしまうか。

「決まりですね。二人とも殺します」

「ま、待て！」

男が叫んだ。それから隣にいる女に言った。

「おい、俺の夢知ってんだろ？　歌で成功するの応援してくれてたじゃねえかよ！

だから頼む、死んでくれ！」

「……あ、あんた、それマジで言ってんの？」

女が男に恨みをぶつける。これで、どう転んでも完全に破談だ。

愛は脆《もろ》い。

いや、そもそも真実の愛ではないからこうなってしまうのだろう。

カッターの刃をギリギリ、と伸ばしながら、男に言った。

「あなたが死ぬといい」

「……は？」

「自死するんですよ」

すると女が叫ぶ。

「ザマアミロ！」

カップルはそのまま延々とお互いをなじり続けた。

堕《お》ちた人の姿は醜い。

なぜ死をもってして、自ら犠牲になることができないのか。

そう思いながらカッターを、ギリギリと伸ばし始めた。

×

アプリ婚連続殺人事件、その第四幕が発生したのは、新宿は歌舞伎町《かぶきちょう》にあるラブホテルの一室だった。

被害者は、久保黎人《くぼれいと》、二十七歳。喜田真由《きだまゆ》、二十四歳。来月に結婚式を控えたカップルで、やはりウィルウィルを通じて出会っていたことが、調べで分かった。

遺体の状況はこれまでとほぼ同じで、互いの両手を繋《つな》ぐように鎖で縛られた上で、顔を鋭利な刃物でバツ印に裂かれていた。また手首にも大きな切り傷があり、これらの傷口から大量の血液が流れ出たことによる失血が、直接の死因と見られる。

死亡後は、まるで何かに祈るような形で、向かい合って座らされていた。この点も変わらない。

ただ男の方はそれに加えて、男性の性器が著しく損壊していた。

なお性行為の痕跡《こんせき》もあったが、相手は久保黎人一人だと調べはついた。

一方凶器と見られるカッターについては、広く流通しているありふれた品であり、犯人の特定に繋げるのは難しい、という見方が濃厚だった。

現場からはこの他に、例によってカップルの写った写真が落ちているのが見つかった。やはり顔の部分が、バツ印に削り取られたものだ。ちなみに今回の写真には、二人以外に喜田真由の母親も写っていたが、これは他に手頃な写真がなかったからかもしれない。

写真の中の母親は、特にどこも削られてはいなかった。バツ印を付けられた娘の隣に寄り添い、娘の幸せを喜ぶように笑っていた。だが、その後事件の報告を受けた彼女は、まるで全身が引き裂けんばかりの悲鳴を上げ、その場で号泣しながら崩れ落ちた。

いつものことだが――被害者遺族に事情を説明するのは、どうしても心がすり減る。コンビニ前の駐車場に停めた車の助手席で、休憩がてら缶コーヒーを飲み終えた後、西山茜は疲れた顔で、しばし目を閉じた。

隣の運転席には堀井が座っている。真由の母親と会った後、二人でウィルウィル社を訪ねてきた、その戻りだ。

やはり被害者全員があのアプリに関わっている以上、運営会社に話を聞かないわけにはいかなかった。午前中の忙しい時間だったこともあって、先方にはだいぶ難色を示されたものの、アプリの開発者である影山という男性を始め、何人かのスタッフに話を聞くことができた。

それでも、だいぶ警戒されていた感は否めない。「実は私も利用させてもらっているんですよ」とでも言えば、少しは場が和んだだろうか。

まあ、隣に堀井がいる手前、そんなことは口が裂けても言えなかったわけだが。

……自分がウィルウィルの登録者だという事実は、警察関係者の誰にも伝えていない。あくまで秘密の婚活だ。まあ、今後もし良縁に恵まれて結婚に至るようなことがあれば、自嘲《じちょう》気味にカミングアウトするかもしれないが、今のところ、その未来が訪れる気配は微塵《みじん》もなかった。

それはともかく――。

ウィルウィル社で第一に確かめたかったのは、登録者の個人情報の扱いだ。

西山にも覚えがあるが、ウィルウィルに登録する際、ユーザーは実名、年齢、メールアドレスなどの個人情報を、非公開を前提に、ウィルウィル社に提供することになっている。

つまり社内の人間であれば、誰でも簡単にそれらをすべて把握し得た、ということではないか。西山は真っ先に、影山にそれを尋ねた。

影山は躊躇《ちゅうちょ》しながらも、この点を素直に認めた。ちなみに彼が躊躇したのは、個人情報の管理の杜撰《ずさん》さや、社内の人間が疑われる可能性があることを、察したからだろう。

なお社内のパソコンから閲覧できる情報は、個人のプロフィールだけでなく、登録者同士のメッセージのやり取りや、その時の位置情報なども含まれるらしい。となると、やはり社内の人間を容疑者に含める必要が出てくるわけだが――。

あいにく、これ以上の有力な情報は得られなかった。ただ一人、少しだけ怪しい人物がいたが。

「どう思います？　和田拓馬」

堀井が口にした名前は、ウィルウィル社の総合イマジネーション部長の名だった。

……よく分からない肩書きである。聞けば、どうやら和田という人物は、ウィルウィル社の前身――かつてダイヤルQ2のアダルト向けサービスを扱っていた会社だったらしい――の時代から関わっていた古参のようだ。この奇妙な肩書きも、彼が役職付きとして居座るためにでっち上げたものなのだろう。

その和田が、登録者――特に若い女性の個人情報やメッセージを覗《のぞ》き見している、という話をこっそり耳打ちしてくれたのは、やはりウィルウィルで企画担当をしている、椎名楓という女性だった。

楓はそのことで何度か和田に苦言を呈しているらしい。もっとも和田自身はどこ吹く風で、特に覗きをやめる様子はない。彼の悪癖は、すでにウィルウィル社内では公然の秘密となっているようだった。

「先日も、取り引き先の女性がたまたま登録者だったからって、その人のメッセージを勝手に閲覧してて……。ただ、ちょっと気になったんですよね。その女性の相手がトム――あ、トムっていう登録者がいるんですよ。悪い意味で有名な……」

椎名楓は根がお喋《しゃべ》りと見えて、実にいろいろと情報を提供してくれた。

実際に和田にも会ってみた。個人情報の件を指摘すると、彼は卑屈そうに顔を歪《ゆが》め、何やかんやと言い訳めいたことをぶつぶつ呟《つぶや》いていた。カップルを次々と惨殺している芸術家気取りの犯罪者というよりは、女性に対してコンプレックスを抱いているだけの覗き魔といった方が、しっくり来る。

和田については、その行動には問題あるものの、単純に犯人とも決めつけ難い。証拠がない……というよりは、いわゆる「刑事の勘」である。

何にしても西山の興味は、すぐ別の人物に移った。楓の話に出てきた、「トム」だ。

――永山吐夢。二十五歳。職業は、特殊清掃員。

すでに素性は分かっていた。なぜなら、彼が一度捜査線上に挙がった人物だったからだ。

一件目の被害者の女性――唐沢澄香《からさわすみか》という――に、かつて付きまとっていたことがあったのだ。彼は。

やはりウィルウィルで知り合った者同士だったという。

その時は澄香が所轄署に相談し、吐夢は警察からの指導を受けて身を引いている。

その後は特に、彼が澄香に接触したという報告はなかったが——。

……肝心の澄香が殺された夜、吐夢にアリバイはなかった。

状況は極めて怪しいと言えた。だが、他の刑事が任意で話を聴いたものの、吐夢は意味のある証言を口にすることもなく、のらりくらりと、その場を煙《けむ》に巻いてしまったそうだ。

その刑事は以降も吐夢の周りを探っていたが、やがて二件目の事件が発生。そちらの被害者と吐夢の間に一切の接点がなかったことから、結局容疑者の絞り込みは振り出しに戻ってしまった。

だが、その吐夢の名をここで聞くとは——。果たして偶然だろうか。

「和田よりは、永山吐夢をもう一度洗った方がいい……。そんな気がする」

空になったコーヒーの缶を手で弄《もてあそ》びながら、西山は静かに答えた。

吐夢の詳しいデータは、彼が一度捜査線上に挙がっている以上、ある程度揃っているはずだ。後で目を通しておこう。

……と考えていたら、運転席で堀井がこれ見よがしに溜《た》め息をついてきた。

「気がする、だけじゃ上は納得しませんよ。すでに和田をマークするように、指示が出ています」

独断で走りがちな上司を諫《いさ》めるべく、苦言を呈する。まあまあ忠実な部下ではあるが、西山よりも本部の顔色を窺《うかが》うことの方が多いのは……いや、これが普通か。警察組織というのは徹底した上下関係で成り立っている。上層部がマークしろと指示すれば、それ以外の選択肢はない。

しかしやはり納得できない。

自分がひねくれているだけなのだ。西山はそう思い直した。改めるつもりは、まったくないが。

「分かってるわよ。……ねえ、永山吐夢と新しくメッセージのやり取りをしていた取り引き先の女性って――」

「唯島輪花、ですね」

手にしたメモを見返し、堀井が答えた。

「二十九歳。ナガタウウェディング勤務のウェディングプランナーだそうです」

「……ナガタウウェディング」

これも、耳にしたばかりの単語だ。確か殺されたばかりの四件目の被害者カップルが、来月ナガタウウェディングで挙式の予定ではなかったか。

ウィルウィル。永山吐夢。唯島輪花。ナガタウウェディング。

……何かがいろいろと繋《つな》がりそうな気がした。もっとも今のところ、単なる偶然の内でしかなかったが。

2

「永山吐夢ですね。有名ですよ、彼は」

輪花のスマホに表示された吐夢の写真を見て、影山は苦笑してみせた。

「うちだけじゃない、あちこちのアプリでトラブルを起こしています。警察沙汰《ざた》になったこともあるとかで、マッチングアプリ業界のブラックリストにもしっかり入ってますよ」

「そうだったんですか……」

差し戻されたスマホを受け取り、輪花は力なく頷《うなず》いた。

先日の吐夢との一件から、数日が経っていた。

今日はナガタウェディングとウィルウィルの、二度目のミーティングだった。もともとは午前中からの予定だったが、先方の都合で、急遽《きゅうきょ》午後からに変更された。

オフィスを訪ねてきたのは二人、影山と椎名楓のみで、前回いた和田の姿はなかった。聞けば、急な用事があって、今回は欠席だという。

ミーティングの時間がずれ込んだことと、何か関係があるのだろうか。その辺は室長の田邉が気にして、楓に聞いていたが、「ちょっとトラブルが……」と曖昧《あいまい》に返されただけだったようだ。

そんなわけで事情はよく分からなかったが——とにかくそのミーティングの後、輪花は他のみんなが出ていくのを待って影山を捕まえ、先日の話題を切り出した。

送ってもらったお礼と、それから家が近かったことへの驚き。ただしそれは前振りである。本題は、永山吐夢のことだった。

……あのデートの後も、彼からの連絡が途切れることがないのだ。

『次、いつ会えますか？』

そんなメッセージが、一日に何件と来る。初めは『もう会うつもりはありません』と律儀に返したのだが、相手は意に介した様子もなく、輪花の怒りをのらりくらりと押しやっては、またデートの誘いをかけてくる。

輪花はすでに参っていた。それで影山に相談することにしたのだ。……まあ、後で尚美から、痛くもない腹を探られること請け合いだったが。

「ブラックリストっていうと……？」

「基本、この男が新規に登録の申請をしても、却下されるようになります」

「え、でも、強制的な退会とかはされてないんですよね？」

「ええ。ブラックリストと言っても、業界全体に拘束力があるわけじゃないですからね。よそのマッチングサービス会社ではそのような措置を取ったところもあるかもしれませんが……うちはまあ、上が登録者の制限に乗り気じゃないもので」

ああでも、と影山はすぐに言い直した。

「吐夢の退会の件、僕から上に相談しておきますよ」

そう言ってにっこりと、いつもの穏やかな笑みを浮かべる。輪花はホッとして、深々と頭を下げた。

「すみません。何なら私の方が退会してもいいんで……」

「いや、それは駄目ですよ。唯島さんは何も悪くないんだから。ね？」

「ええ。でも――」

話しているうちに、ふっ、と笑いが漏れた。

可笑《おか》しいのではない。自嘲《じちょう》だ。突然自分が惨めになってきた。

「唯島さん？」

影山が戸惑っている。輪花は首を横に振り、溢《あふ》れ出す笑い声を堪《こら》えながら言った。

「ごめんなさい。何だか……最初にマッチングした相手がこんな人だなんて、運なさすぎですよね、私……」

「――そんなことは、ないです」

不意に影山が、真顔になった。

え、と思い視線を向けると、彼はまっすぐに――恥ずかしいほどまっすぐに、輪花を見つめていた。

「唯島さんには、ちゃんと幸せになる権利があると思います。だから、もし困ったことがあれば、僕がいくらでも相談に乗ります」

「あ……ありがとうございます」

ちょっと呆気《あっけ》に取られながらも——輪花は微笑んだ。今度は自嘲ではない。胸を満たすような喜びが押し寄せてくるのを感じた。

だが、その時だった。

不意に会議室のドアが開いて、尚美が顔を覗《のぞ》かせたのは。

「輪花、まだこっち？　あれ、なぜ影山さんも？」

「尚美、そこ突っ込まなくていいって……」

「それより輪花、大至急来て。……警察が話聞きたいって」

「警察……？」

あまりに唐突な単語だった。つい困惑する輪花の横で、影山が一言、「午後はこっちか……」と呟《つぶや》くのが聞こえた。

輪花を訪ねてきたのは二人組の刑事だった。もらった名刺を確認すると、西山茜と堀井健太という名前だ。

いったい何の用件か、と訝《いぶか》しがった輪花に、西山は驚くべきことを告げた。今朝、久保黎人と喜田真由の遺体が発見されたという。どうやら、巷《ちまた》を騒がせているアプリ婚連続殺人事件の新たな被害者になってしまったらしい。

あまりにもショッキングな話だった。被害者カップルの挙式を担当していたのは、他ならぬ輪花である。

真由のドレス選びを手伝ったのも、つい最近のことだ。あの時母親に優しい言葉をかけられ涙ぐんでいたギャルメイクの女性の顔が、脳裏にまざまざと蘇《よみがえ》った。

殺害されたカップルについて、何か気になる点はなかったか――。刑事からの質問は、ほぼそれに終始していた。

もちろん輪花は何も知らないから、素直にそう答えるしかなかったが、動揺のあまり何度か嗚咽《おえつ》が漏れそうになった。もしかしたら、不審に思われたかもしれない。

何にしても――最悪の気分のまま、この日の業務は終了を迎えた。

久保と真由の挙式が流れたことで、その処理なども必要になり、帰宅した時は夜の八時を回っていた。

父の芳樹は、すでに帰っていた。

珍しく夕飯の支度もしてくれていたが、芳樹が美味《うま》い美味いと自画自賛するのに対して、輪花は気が沈んでいるせいか、少しも味が分からなかった。

「……どうした？　仕事の悩みか？」

元気なく味噌汁《みそしる》を啜《すす》る輪花を見て、芳樹が何かを察し、尋ねてきた。

「違うけど……ちょっといろいろね」

「そうか」

親子の会話は、これだけですぐに途切れた。無言の夕食が再開される。輪花はただ機械的に、飯粒を口に運び続けていた。

そんな静寂を断ち切るかのように――。

ふと、リビングの隅にある電話が鳴り響いた。

俺が出るよ、と立ち上がりかけた芳樹を手で制して、輪花はすぐに電話の方へ向かった。こんな時間に家の固定電話にかけてくる相手に心当たりはなかったが、少しでも気が紛れるなら、何でもよかった。

「はい、もしもし」

『――唯島さんのお宅ですか？』

受話器を取って応《こた》えると、すぐに、覚えのない女性の声が聞こえた。

「はい。どちら様ですか？」

『……芳樹さんいらっしゃる？』

「あ、はい。父ならおりますけど――どちら様でしょう」

そう尋ね返した途端、ガチャリ、と電話が一方的に切られた。

輪花は困惑気味に受話器を見つめ、そっと元に戻した。

誰だ、と芳樹の声がした。輪花は肩を竦《すく》め、食卓に引き返した。

「名乗らないのよ。嫌な感じ」

「ほう？」

「中年って感じの女の人だった。『芳樹さんいらっしゃる？』って。お父さん、心当たりある？」

そう言いながら、芳樹を見る。

……強張《こわば》った顔が、輪花をじっと見つめていた。

いや、輪花を見ているのではない。父の視線の先にあるのは、彼女の体越しにある電話機の方だ。

「どうしたの？」

思わず尋ねる。だが芳樹はすぐに我に返ったかのように、「ああ、いや……」と首を横に振った。

——心当たりがあるのかもしれない。

そう思ったが、詳しくは聞けなかった。

直後、輪花のスマホに吐夢からメッセージが入ったからだ。

『次、いつ会えますか？』

……まただ。輪花は顔をしかめて溜《た》め息をつくと、すぐにスマホの電源をオフにした。

芳樹はそんな輪花を前に、心ここにあらずといった面持ちで、じっと座り続けていた。

3

本庁に戻って今日一日の捜査報告を終えた後、西山はデスクのパソコンから、「アプリ婚連続殺人事件」の情報をまとめたアーカイブにアクセスしてみた。

目的はもちろん、永山吐夢だ。

第一の事件の資料を呼び出す。参考人の中に、吐夢の名前がある。さらに詳しいデータを見る。

金髪の、表情のない青年の顔写真が表示される。永山吐夢。男性。二十五歳。現在の職業は、特殊清掃員。ここまでは記憶している。

さらに画面上に目を走らせる。出身は埼玉。一九九九年二月生まれ。家族は――不明。

「不明……？」

いないなら「無し」と書くべきところに、奇妙な単語が記されている。資料を作成した捜査員のミスか。それとも……吐夢自身が「不明と書くように」とごねたか。まあ、聴取を受けながらおかしな要求をしてくる人間は、たまにいる。

西山はさらに資料を目で追ってみたが、その点に言及している個所は、どこにもなかった。

代わりに、第一の事件の被害者の一人、唐沢澄香との間にあったトラブルについて、何行にも渡って記述があった。

ウィルウィルを通じて澄香と知り合った吐夢は、交際を断られた後も、しつこく彼女に付きまとっていたという。頻繁にメッセージを送りつけ、挙句、家にまで押しかけた。その結果警察を呼ばれ、こうして記録が残った、というわけだ。

ただ——さらにその先を読んで、西山は眉《まゆ》をひそめた。

備考として、こう書かれていた。

『前歴アリ』

他にも、まだ何かあるのか。

急いで過去の事件のデータベースに移動する。アクセス権を示すパスワードを打ち込み、それから「永山吐夢」の名前で検索すると、二件の記録がヒットした。

順番に、まず一件目を開く。表示されたのは、一九九九年に埼玉県××駅構内で起きた、乳幼児置き去り事件だ。

コインロッカー内で赤ん坊の泣き声を聞いた駅利用者が通報。発見された赤ん坊は捨てられていたようで、身元を明示できるものは所持していなかった。この子は県内の乳児院に預けられ、その際「永山吐夢」の名を与えられている。

……これが、あの吐夢なのだろうか。

発見された年から指折り数えてみる。年齢は、吐夢のそれとピタリと一致する。家族——つまり両親が不明という点も、やはり矛盾はない。

ちなみに、現時点でなお両親が不明だというなら、少年時代の吐夢を家族として引き取った者は一人もいなかった、ということになる。もし誰かの養子にでもなれば、その時点で親族の情報が更新されるからだ。

——永山吐夢は孤独だった。

——結果、コミュニケーション能力に問題が生じた？

——だから、ストーカー行為に手を染めた？

頭の中で、そんなプロファイリングをしてみる。いや、だいぶ偏見が交じっているのは自覚しているが。

続いて西山は、二件目の事件記録を開いた。

二〇二二年に都内で発生した、過失致傷事件――。被疑者の名前に、「永山吐夢」の名が見えた。

前歴アリ、だ。

背中がざわつくのを覚えながら、西山は資料を目で追い始めた。

「先輩」

野太い声で呼ばれたのは、そんな時だ。振り返ると、部下の堀井がでかい図体《ずうたい》で突っ立っていた。

「何を見てるんです？」

「永山吐夢」

「やっぱり気になりますか」

「べつに、私に付き合わなくていいわよ。勝手に調べてるだけだから」

「いや、それ閲覧記録残るの知ってますよね？　余計なことしてるのが上にバレたら、どのみち先輩とペア組んでる自分も叱られるんですわ」

そう言って、堀井は横からパソコンの画面を覗《のぞ》き込んできた。

「叱られるわよ？」

「どのみち叱られるなら、目を通しておいた方が、損がないんで」

堀井がにやりと笑う。西山は苦笑し、体を横にずらして、画面を見やすくしてやった。

さて、問題は事件記録の中身だ。

過失致傷、とある。だが具体的に内容を読んでいくと、すぐに不穏な空気が漂い始めた。

……被疑者は、永山吐夢。被害者の名は、宝田璃子《たからだりこ》。

……マッチングアプリを利用して被害者と知り合った被疑者は、被害者への付きまとい行為を繰り返し、家を幾度も訪問。最終的に被害者と揉《も》み合いになり、ベランダから突き落とした――。

西山は眉間《みけん》にしわを寄せ、顔を上げた。

堀井と目が合う。二人とも、考えたことは同じだったはずだ。

「だいぶ怪しいですね」

「だいぶどころか、相当よ」

やはり刑事の勘を侮るべきではないのだ。

記録の最後には、被害者のスマートフォンからスパイアプリが検出された、という事実が追記されていた。ただしこれについて、吐夢は関与を否定。あくまで自身の付きまとい行為とは無関係であると主張している。実際、彼がスパイアプリを仕込んだという明確な証拠は見つからなかったため、この件は宙に浮いたまま、事件は一段落を迎えたようだ。

担当した捜査員の詰めが甘かったのだろう。西山は率直に、そう感じた。

さて、吐夢を疑う材料は揃った。……問題は、これをどうやって和田を第一容疑者としてマークせよと言っている頭の固い上層部にプレゼンするか、だが。

×

男はざわざわと風の唸《うな》る深夜、懐中電灯を手に、街灯のない道をゆっくりと歩く。

ガランとした自転車置き場を横目に、落ち葉の溜まり切ったアスファルトを踏みしめて進むと、すぐ行く手に、灰色に汚れた巨大な壁が立ちはだかった。

かつて打ち捨てられ廃墟《はいきょ》となった公営団地——。その一棟である。

郵便受けが並ぶエントランスに、立ち入り禁止を示すロープが通されている。気にせず、くぐって踏み入る。

倒れた消火器を蹴《け》り飛ばしてしまう。大きな音が鳴ったが、ここには咎《とが》める者など一人もいない。

進んだ先に、階段がある。エレベーターは存在しない。建物の高さにもよるが、かつての団地はどこもこうだった。

バリアフリーという概念に欠けた過去の遺物――。行政によってエレベーターが外付けされるケースもあるが、今ここにある建物は、そんな生まれ変わる機会を与えられることなく、死骸《しがい》となったのだ。

……哀愁とともに、ひび割れた階段を慎重に上っていった。

手元の明かりに群がる蛾を払いながら、カラカラと崩れるコンクリート片を蹴り、目的の階に着く。

四階。階段を上がってすぐのドアノブに、手をかけた。

開けると、埃《ほこり》に満ちながらどこか懐かしい匂いが、鼻腔《びこう》を満たした。

中に入りドアを閉める。懐中電灯の光が、台所の様子を照らし出す。

水気のない、乾ききって白く濁ったシンク。扉の壊れた冷蔵庫。倒れた椅子。

奥に進む。襖《ふすま》で区切られただけの狭い部屋が二つ、申し訳程度に並ぶ。

テーブル。割れた植木鉢。赤黒い染み。

下の畳が剝《む》き出しになったボロボロの絨毯《じゅうたん》を踏み、かつての寝室に入った。

倒れた屑籠《くずかご》。散らばった本。原形を留《とど》めていない布団――。

過去の生活の痕跡《こんせき》を残したまま、なぜこの団地は廃墟になったのだろう。

事情は知らない。ただ、大規模な立ち退きがあったことだけは知っている。

ここ一帯を更地にして、戸建ての並ぶ住宅地に変えるという計画が持ち上がったためだ。その際に、引っ越しの費用を捻出《ねんしゅつ》できなかった住人が、家具などをすべて放置していった……という事情はあったかもしれない。

それから二十年以上が経った。団地はなぜか今もなお、亡霊のように、ここに在る。

額に入ったイエス・キリストの小さな肖像画が、片隅に転がっている。光を掲げると、埃を被《かぶ》った小さな祭壇が浮かび上がった。

十字架。燭台《しょくだい》。グラス……。どれも、かつて「ここの住人」が大事にしていたものだ。

光を、さらに掲げた。

バラバラになった聖書のページが、不規則に貼り交ぜられている。

それに混じって、写真がある。錆《さ》びた画鋲《がびょう》で固定されている。

家族の写真だ。若い父と母、それに幼い少女が写る。公園で楽しそうに遊んでいる姿を、かつて「ここの住人」が撮影したものだ。

三人の顔には、いずれも印が刻み込まれている。

これも、「ここの住人」が刻みつけたものだ。

だから――この続きは、自分がこの手で、成し遂げなければならない。

×

——わあ上手。上手に描けたね。完成？

——うん！

——これだあれ？

——お父さん！　それから、お母さん、輪花！

——おおー、いいねえ。みんなにっこり笑顔。

ふと、妻と娘の過去の会話が、記憶に蘇《よみがえ》った。

唯島芳樹はテーブルに着いたまま、ゆっくりと、その視線を巡らせる。

輪花はすでに、自分の部屋に引っ込んでしまった。今このリビングにいるのは芳樹だけだ。

……娘に、ずっと黙っていることがある。娘がいない時にしか、思い出せないことだ。

あれは——休日の昼下がりだった。

引っ越す前の家だ。部屋で画用紙に絵を描いて遊ぶ輪花を、妻が見ていた。

その時自分は、部屋の隅に据えたパソコンで仕事をしていて、そう、確かこの時、パソコンに。

『なぜ会ってくれないの？』

不意に、そんなメッセージが届いた。

横でこっそり開いていた、チャットルームに。

慌てて仕事の手を止め、キーボードを叩《たた》いた。

『僕らはとっくに終わったはずだろ？　もう連絡してこないでくれ』

『愛しているのよ』

それ以上は読まず、パソコンの電源を落とした。

ふと視線を感じて後ろに目を向けると、妻が何も知らない笑顔で、娘と二人、こちらを見ていた。

……今からもう二十五年も前のことだ。

相手の女性は、「マリア」というハンドルネームを使っていた。

清らかな名前に反して、愛に貪欲《どんよく》なやつだった。

芳樹にとっては、捨て去りたい過去だ。なのに――。

『芳樹さんいらっしゃる？』

なぜ突然、こんな電話がかかってきたのか。

マリア、なのか。

電話に目を向ける。あれから、再びかかってくる様子はない。

だが、もしかかってきたなら、今度は自分が出るつもりでいる。

×

早朝の森の中、柔らかな日差しが降り注ぐ池の畔《ほとり》で、心地よい風を浴びているうちに、ふと昔の記憶が蘇りそうになった。

心の中で手を伸ばして、掬《すく》い上げようとする。しかし指にこびり付くのは怖気《おぞけ》立つようなどす黒い淀《よど》みばかりで、肝心の澄んだ記憶は、手の平に溜《た》まったわずかな朝靄《あさもや》のように、たちどころに色を失い消えていく。

結局、また何も思い出せない。もう何年も、自分はこれを繰り返している。

赤いドレスの裾《すそ》が、わずかに風にはためく。直したいな、と思っていたら、家の方から彼女が歩いてきた。

いつものようにエプロン姿で、草をサクサクと踏み締めながら。

車椅子の自分には立てられない音だ。

「マリアさん、お手紙ですよ」

そう言われ、封筒を差し出された。そう、私は《マリア》だ。

手紙を手に取る。宛名《あてな》も差出人も書かれていない。じっと眺める。

しばらく眺めていたら、彼女が代わりに開けて、中身を取り出した。

写真が二枚と、手紙が入っていた。

一枚目は、若い女の写真。自分で自分を撮ったものらしい。

二枚目は、大人の男女と、女の子、三人が写った写真。顔にバツ印。

「──母さんへ」

彼女が淡々と、手紙を読み上げた。

「ついに見つけたよ。やっと母さんを救ってあげられるね。もうちょっとの辛抱だからね。その女が最後、どんな顔をするかが、今から楽しみだね」

……記憶が、揺らぐ。

《マリア》は静かに、低く笑った。

4

『貴方《あなた》は一番身近な家族の過去を、本当に知っていますか？』

突然そんなメッセージがスマホに送られてきたのは、早朝、輪花が自宅の庭で洗濯物を干している時だった。

吐夢からだ。うんざりしながらスマホをポケットに戻そうとすると、続けざまにもう一件、メッセージが入った。

『人には誰しも秘密があるものです』

「……もう、何なのよ」

洗濯をして、干す時間が好きだった。ゆっくりと考え事をしたりできるからだ。もういい加減にしてくれ、と思いながら最後の一枚を物干し竿《ざお》にかけ終える。そして、家に入ろうとしたところで——。

「こんにちは」

不意に、背後から呼ばれた。

聞き覚えのある、ぼそぼそとした声だ。

恐る恐る振り返ると、生け垣の向こうにあの男がいた。

金髪。感情のない顔。黒のトレンチコート。汚れた長靴。

——永山吐夢。

「ひぃっ」

輪花の喉《のど》から悲鳴が漏れた。慌てて後退《あとずさ》ると、吐夢が、ブコ、と一歩前に出てきた。

「一向に返信がなかったので、直接お話ししたくなって、お邪魔しました」

ぺたっ、と吐夢の顔に笑みが張りつく。輪花は思わず視線を逸《そ》らせようとしたが、怯《おび》える一方では相手の思う壺《つぼ》だ、と考え直し、視線を戻した。

「ど、どうやってここが――」

毅然《きぜん》と……いや、どうしても震える声で、問う。吐夢は笑顔のまま、答えた。

「今の時代、個人情報なんて簡単に手に入るんですよ」

「誤魔化さないで！　このあいだ尾行してたでしょ！」

「それについては、はい、と肯定しましょう。ですが、あくまで道の途中までです」

「帰って！」

そう叫んだが、吐夢は微動だにしなかった。

「輪花さん、ちょっと急ぎで警告……というか、お耳に入れておきたいことがあって。今度の休日――」

「は？」

何を、何を言うつもりだ。

「――貴方は今度の休日、ウィルウィルのエンジニアの男と会う予定ですよね？」

「何でそんなことまで……」

知っているのか。輪花は愕然《がくぜん》とした。

確かに影山とは会う約束をしている。ここ数日でストレスの溜まることがいくつもあった。吐夢のこと。例の殺人事件のこと。それに、どこか様子がおかしい父のことも。

気が滅入《めい》っていたので、連絡先を交換していた影山に軽く零《こぼ》すと、「よかったら気晴らしに、一緒に映画にでも行きませんか？」と誘われた。輪花は二つ返事でオッケーした。

ただそれは、つい昨夜あったばかりのやり取りだ。影山とは、スマホでメッセージを送り合っただけである。

なのになぜ吐夢は、すべてを知っているのだろう。個人情報が簡単に手に入る？　いや、住所や電話番号だけならまだしも、スマホでのやり取りまで簡単に分かるはずがない。いくら何でも限界はあるはずだ。

――まさか、スマホに何か細工されているのか。

輪花はハッとした。このスマホは、あの水族館で吐夢と会った直後、一度彼の手に渡っている。きっとその時何かされたのだ。他に理由など考えられない。

「影山剛――」

吐夢が、影山の名を口にした。輪花は怯えた目で、吐夢を睨《にら》んだ。

「やめて。影山さんは関係ないでしょ？」

「あの男には、近づかない方がいい」

「それはあなたでしょ！　近づかないでよ、このストーカー！　警察呼ぶから！」

「警察を呼ばれるようなこと、僕が何かしましたか？」

ぬけぬけと言い放った吐夢に背を向け、輪花は急いで裏口から家に飛び込んだ。

鍵《かぎ》をかけ、それから急いで廊下を走り、玄関に向かう。

正面の引き戸が施錠してあることを確かめる。そこへ、出勤前の芳樹がリビングから出てきた。娘のただならぬ様子に、眉《まゆ》をひそめている。

「輪花、何かあったのか？」

「お父さん！　警察！　警察呼んで！」

懸命に訴える。と同時に、突然ドアがドン！　ドン！　と激しくノックされた。

引き戸の磨《す》りガラス越しに、黒い影が佇《たたず》んでいるのが、ぼんやりと見える。

「やめて！」

輪花は金切り声に等しい悲鳴を上げ、這《は》うようにして廊下にうずくまった。すぐに芳樹が異常を察し、玄関に走る。

「お父さん、開けちゃ駄目！」

芳樹が振り向く。大丈夫だ、と頷《うなず》き、用心深く身構えながら、そっと戸を開けた。

……立っていたのは、制服姿の警官だった。

「警察です。どうかされましたか？」

「いや、あの……なぜうちに？」

「今巡回中にそこで声をかけられまして。この家でトラブルが起きているから、すぐに行ってほしい、と」

「……いったい誰に」

「はい、こちらの男性から──あれ、いない？」

警官が後ろを振り返り、首を傾げる。芳樹が怪訝《けげん》な顔でこちらを見る。

輪花はただ震えたまま、息を荒らげることしかできなかった。


その後輪花は、訪ねてきた警官に、件《くだん》の金髪の男がストーカーであることを訴えた。スマホの細工のことも交えて説明しようとしたが、輪花がだいぶ取り乱していたためだろうか。「一度落ち着いてから、署か交番に来て話してください」と言われただけだった。

ただ、巡回は強化してくれるらしい。輪花はひとまずそれで納得し、警官を帰した。

「警察、今から一緒に行くか？」

芳樹にそう聞かれたが、輪花は首を横に振った。

「……仕事あるし。お父さんもでしょ？」

我ながら何を言っているのか、と呆《あき》れたが、すでに遅刻しそうなのは確かだ。

それに――影山に相談すれば、きっと力になってくれる。その方がむしろ、今の警官よりも心強い。

輪花はそう確信していた。

ただ、スマホをどうするべきかは悩んだ。持ち歩いているのは不安だが、なければないで、仕事や生活に差支えが出る。吐夢はこのスマホから、どうやって情報を引き出しているのだろう。

考えた末、とりあえずカメラとマイクの部分を、小さく切ったガムテープで封じておくことにした。以前ハッキング対策の一つとして、何かの番組で見たやり方だ。

とは言え、これだけでは盗撮と盗聴を阻止する以外に効果がない。対策としては不充分なので、早いうちに他の手段を考えた方がいいだろう。

そう思いつつ――輪花は大急ぎで身支度を整え、バス停に走った。

5

「やめろ！　莉愛に手を出すな！」

夜の寝室に、男の悲痛な声が走る。

莉愛と呼ばれた女性は、口をガムテープで塞《ふさ》がれ、すでにぐったりしている。これなら顔を切り裂くのに、さほど苦労はしないだろう。

ギリギリギリ、とカッターの刃を伸ばす。男がもう一度叫んだ。

「よせ！　俺はどうなってもいいから、莉愛だけは――」

……そういう台詞《せりふ》は聞きたくない。

自己犠牲？　究極の愛？　下らない。

この男の泣き喚《わめ》く声が聞きたくて、口は塞がずにおいたが、こういう偽善的なことを言うのであれば、その必要もない。

一度カッターをしまい、ガムテープを取り出す。

鎖で縛られた男にまたがり、ベタリと、その口を封じる。

すぐに、むごご、むごご、と意味のない喚きだけしか聞こえなくなった。

男から離れ、再び女のほうを殺しに戻った。

――バツ印。そう、バツ印だ。

世間では、バツだバツだと言っている。

だが、少し違う。

これは、「罰」なのだ。

ほくそ笑みながら、カッターを取り出し、女の顔に刃を突き立てた。

ガムテープ越しにくぐもって、女の絶叫と男の悲鳴が溢《あふ》れる。心地よい。

血も悲鳴も、幼い頃から慣れっこだ。
——これで、また一つ目的に近づく。
刃の先端で顔面を裂き出すと、男の喉《のど》が震え、獣のような咆哮《ほうこう》が迸《ほとばし》った。
もう下らない台詞を吐く余裕もないだろう。
そう思い、手を止めて血まみれのガムテープを剝《は》がしてから、再び続きを始めた。
噴き出す血とともに喚き散らされた、意味のない音の羅列。
これが、高校教師・片岡隼人の——かつて唯島輪花が恋した男の、最期の声になった。

×

影山が誘ってくれた映画館「東京シネマ」は、今時珍しい二本立ての上映を売りにした、一風変わったミニシアターだった。
いわゆるシネコンしか知らない輪花にとっては、新鮮な体験だった。上映されていたのは「サンセット大通り」というモノクロフィルムのアメリカ映画で、これも輪花には経験のない部類の作品である。かつて大女優であったスターが過去の栄光にすがりつく何ともいえない映画で、女優の不気味な演技に圧倒された。

観終えた後は、不思議とすっきりした気分になっていた。

「どうでした？　気分転換になりましたかね」

劇場を出てから、影山が笑顔で尋ねてきた。

「古い作品ですみません。ひょっとしたら唯島さんは、もっと新しい作品の方がいいかとも思ったんですが」

「いえ、そんなことないです。面白かったです。とっても」

輪花も笑顔で礼を述べる。それでなくても、影山はわざわざこちらの休日に合わせるために、有休を取ってくれたという。ありがたいことこの上ない。

「僕は、古いものが好きなんです」

どこか照れたように、影山はゆっくりと歩きながら、そう語った。

「小さい頃友達がいなかったから、テレビで古い映画とかばかり見てて。おかげさまで、新しいものには疎くて」

「ああ、そこは同じかも」

隣を歩きながら、輪花が微笑む。

晴れた休日の午後、こうして穏やかな気持ちで男性と並んで歩くのも、何だか新鮮だった。実際、学生時代にデートした時でさえ、こんな気持ちにはならなかった気がする。

「でも、パソコンは得意ですよね」

「これは仕事ですからね。すみません、せっかく遊びにお誘いしたのに、こんな無粋なものを持ってきて」

そう言った影山の左手には、ノートパソコンの入ったビジネスバッグが提げられている。今日は予定より早めの時間に落ち合って、彼にスマホを診てもらったのだ。

待ち合わせ場所である喫茶店に現れた影山は、輪花からスマホを受け取るや、それをパソコンに繋《つな》ぎ、何やら操作し始めた。そうして物の数分で、問題の一つを解決してしまった。

「スパイアプリがインストールされていました。削除しておきましたので、もう大丈夫ですよ。ただ、使用中のパスワードや何かは、早めに変えておいてください」

まるで神業だった。おかげでスマホを買い替えずに済む。

「本当に、ありがとうございます」

輪花は重ねて礼を言ったのだった。

映画の後で二人が訪ねたのは、中古のレコードショップだった。これも影山の趣味なのだそうだ。

「古い映画を観て、古いレコードを漁《あさ》る。僕、もうこれだけで幸せなんです」

そう言いつつ、影山はすでに何枚かの洋楽のジャケットを確保している。輪花も試しに一枚手に取ってみたが、残念ながらタイトルすら読めず、そっと元の棚に戻した。

「エンジニアって、もっとこう、現代的なのかと思ってました」

「人それぞれですよ。僕は新しいことより、昔のことに拘《こだわ》りがあるんです」

「へえ。例えば？」

「うーん……。子供の頃の思い出、とか。かけがえのない、とても大切なものですよ。唯島さんはどうです？」

影山に聞かれ——輪花はふと真顔になった。

子供の頃の思い出と言われて真っ先に蘇《よみがえ》るのは、どうしてもあの公園での出来事だ。

——輪花の花嫁姿、早く見たいな。

——あなたは、幸せになるのよ。

その言葉を最後に、母は家を出ていった。

あれ以来輪花は、大好きだった絵を、まったく描いていない。だから部屋に飾ってある絵は、すべて母がいた頃に描いたものだ。

——私は、あの頃に帰りたいんだ。

——母がいて、父と私と三人で笑っていた、あの頃に。

もちろん、もうそれは叶《かな》わない。頭では分かっている。だけど自分は、今なおあの頃の記憶に囚《とら》われながら生きている。

子供の頃の思い出。それは輪花にとって、ある種の呪縛《じゅばく》なのだ。

不意に、涙が出そうになった。

慌てて指先で目頭を押さえようとする。と、その手を突然、影山がつかんだ。

「唯島さん……いや、輪花さん」

力強く温かい手で支えられ、名を呼ばれる。

濡《ぬ》れた目で顔を上げると、彼は愁いを帯びた微笑みで、輪花を見つめていた。

「大丈夫ですから。もう」

「……え？」

「どんなトラブルがあっても、僕が輪花さんを守ります。いや、守らせてください」

この言葉が何を意味するのか。聞き返す必要はない。

輪花ははにかみながら俯《うつむ》いた。涙が引くと同時に、頬が熱くなるのを感じた。

不意にスマホが電話の着信音を奏で出した。見れば、同僚の尚美からだ。

また何か下らない用事か、と思ったが、それならわざわざ電話などかけてこないだろう。気になって、輪花は通話ボタンを押した。

「もしもし、尚美？　どうしたの？」

「輪花、ニュース！　ニュース見た？　片岡さんが――」

――殺されたって！

その言葉に、輪花は耳を疑った。

あまりの出来事に、疑うことしかできなかった。

×

唯島輪花のスマホからの反応が途絶えたことに気づいたのは、ダルマオコゼに餌をやり、その愛らしい捕食仕草を観察した直後だった。

スパイアプリが何らかの形で削除されたのだ、とすぐに分かった。

すでにカメラとマイクは封じられていたが、これでついに細工を根本から絶たれたことになる。先日家に押しかけた時点で、ヒントを与えすぎたせいだろう。まあ、それもやむなしか。

永山吐夢はパソコンの前に座り、青白く輝くモニターを睨《にら》んだ。

気になるのは、削除の方法だ。初期化したか。あるいは、スマホそのものを叩《たた》き壊したか。……いや、彼女はそんな乱暴なことはしないだろう。

もう一つ可能性があるとすれば、「あの男」だ。

吐夢はマウスを動かし、モニター上に、一枚の写真を呼び出した。

髭《ひげ》を生やした男が写っている。輪花のスマホのカメラを介して、盗撮したものだ。

――影山剛。

この男はウィルウィルのエンジニアだ。プログラミングには精通している。もし輪花が彼に助けを求めれば、こちらの仕掛けなど簡単に見破れるだろう。

だが――。

「輪花さん、貴方《あなた》は選択を誤った」

それに、スパイアプリ一つ潰《つぶ》したところで、すでに手遅れとも言える。

吐夢はほくそ笑んだ。

パソコンを操作し、いくつもの動画を開く。いずれもリアルタイムの映像だ。

唯島家の玄関。リビング。輪花の寝室――。

隙を見て、しっかり仕掛けさせてもらった。

ネットを通じて任意の端末で映像を受信することができる、いわゆるネットワークカメラだ。本来はペットの見守りや防犯目的で使われるものだが、吐夢が用いているのは、これら一般的に市販されているものに比べて、小型で見つかりにくい。

ちなみに固定電話の会話も、傍受できるようにしてある。こちらはコンセントに仕掛けるタイプの古典的なアナログ式盗聴器だが、受け取った音声をデジタルに変換することで、やはりネットを通じてどこからでも聴けるよう、改造を施しておいた。

自分はまだ、すべてを知り尽くせていない。だから、終わらせるつもりはない。

ほの白く灯《とも》るパソコンの光の中で、吐夢はぺたり、と笑った。

6

片岡隼人の葬儀は、秋雨の降りしきる日に、莉愛の葬儀と合同でおこなわれた。

なぜ合同なのだろう、と少し考えてから、二人が結婚したのだという当たり前の事実を、輪花は思い出した。

自分が担当したカップルだというのに……。片岡もまた輪花にとって、今なお過去の呪縛の一つなのかもしれない。

葬儀には、尚美と二人で参列した。影山も「心配だから」と同行してくれた。もっとも焼香は上げず、寺の外で待つと言って、本堂の外で別れた。

参列者は高校生の姿が目立った。涙ぐむ女子生徒達の姿に、輪花はどうしても自分を重ね合わせてしまった。

「このあいだは、あんなに幸せそうだったのに……」

尚美が呟《つぶや》く。さすがに今日は、彼女も神妙な顔でいた。

喪主は片岡の父親が務めていた。挨拶《あいさつ》すると、向こうも輪花達のことを覚えていたようで、「その節は息子夫婦がお世話になりました。本日は、わざわざありがとうございます」と、深々と頭を下げられた。

あくまで、式場のスタッフ、という認識のようだ。

元教え子です――とは、輪花は打ち明けなかった。

その後、焼香を済ませて本堂の外に出ると、影山がゆっくりとした足取りでこちらに歩いてきた。傘が小さいのか、黒いスーツの両肩が、雨で色濃く濡れている。

「大丈夫ですか？」

「はい。行きましょう」

輪花が頷《うなず》く。だが、影山は微《かす》かに顔をしかめ、なぜか彼方《かなた》を見やった。

彼の視線を、輪花と尚美が目で追う。

そこに、招かれざる客の姿があった。

「唯島輪花さん。お久しぶりです。警視庁の西山です」

カツカツと石畳を踏み鳴らし、紺のスーツ姿の女――西山茜がこちらに向かってきた。すぐ後ろには、大柄な男性刑事――確か堀井といった――が、上司に傘を添える形でついている。

「少しお話お伺いできますか？」

堀井の申し出に、輪花が表情を曇らせる。だがすぐに、横から影山が割って入った。

「僕も一緒にいいですか？」

「え？」

二人の刑事が、一瞬困惑気味に眉《まゆ》をひそめる。互いに顔を見合わせ、堀井が目で何かを窺《うかが》い、西山が軽く頷く。

「唯島さんが、よければ」

堀井に承諾を求められ、輪花も頷いてみせた。影山がそばについていてくれた方が、心強いと思ったからだ。

参道を離れ、寺の駐車場に停めてある警察車両の方に、尚美も揃って全員で移動した。

「被害者ご夫妻の挙式を担当されたのは、唯島さんだそうですね」

「ああ、私も手伝いましたよ。当たり前ですけど」

尚美が口を挟む。西山は、それについては軽い相槌《あいづち》に留《とど》め、胸ポケットから一枚の写真を取り出した。以前彼女達がオフィスに訪ねてきた時にも、見せられたものだ。

久保黎人と、喜田真由――。まだ生きていた頃の二人が、笑顔で写っている。SNSに上がっていたものをプリントアウトしたようだ。

「こちらの被害者二名の挙式も、唯島さんが担当される予定でしたよね」

「……はい」

何が言いたいのだ。不穏な流れを感じ取り、輪花が一歩身を引く。

「いわゆる『アプリ婚連続殺人事件』ですが――。単刀直入にお伺いします。これ以前の被害者について、何らかの形で唯島さんが挙式に関わっていた、ということはありますか？」

「……ありません。そもそもうちで担当したのは、この二組だけです」

「ええ。そのようですね。念のため確認させていただきました。ところで――」

「まだ何かあるんですか？」

「今回亡くなられた、片岡隼人さんについてです。実は――」

そこで一瞬、西山が何かを言い淀《よど》んだ。

輪花が怪訝《けげん》そうに見返す。刑事のポケットから、スマホが取り出された。

「今朝、ネット上の匿名掲示板にこのような書き込みが……。ご存じですか？」

そう言われて輪花は、西山のスマホを覗《のぞ》き込んだ。

――アプリ婚連続殺人の最新被害者、高校教師の片岡隼人に元教え子との不倫疑惑！

――相手の唯島輪花(29)は、片岡の挙式を担当した式場スタッフでもあった！

――もはや偶然ではあり得ない！　二人の爛《ただ》れた肉欲関係は、輪花の高校在籍中から始まっていた！

「な、何ですか、これ……」

輪花は絶句した。あまりにもひどすぎる。

「この書き込み内容について、心当たりは――」

「出鱈目《でたらめ》です！　いったい誰がこんな……」

「だいぶ拡散されてしまっていますが……。もしお困りでしたら、警察にご相談ください」

それは親切なのか。こちらが苛立《いらだ》っているこのタイミングでは、単に余計な一言に聞こえるが。

「もう一つ、質問させてください」

西山は意に介さず、さらに輪花に尋ねた。

「九月二十六日、午後八時頃――。どちらにいらっしゃいました？」

「ちょっと待ってください！　私を疑ってるんですか？」

「関係者全員に質問していることです。ご協力お願いします」

――関係者。そう、自分はすでにこの事件の「関係者」なのだ。

輪花は努めて冷静に、当日の記憶を呼び起こした。

あれは、影山と映画館に行ったその前日だ。

「……その日は会議の後帰宅して、家にいました。もういいですか？」

気がつけば、目が涙で濡《ぬ》れていた。輪花は歩き去るふりをして刑事達に背を向け、

いた。

だが二人の向かった寺の敷地の外には、さらなる「招かれざる客」達が待ち構えて

ふと肩に何かが当たる。見れば、影山がそっと手を添えている。安堵《あんど》しかける。

目頭を拭《ぬぐ》った。

「唯島輪花さん！　一言よろしいですか？」

「被害者の片岡先生と交際していたというのは本当ですか？」

「答えてください！　答えて！」

焚《た》かれるフラッシュ。向けられるマイク。葬儀場に似つかわしくない、怒号に等しい質問の声——。

マスコミだ。よく知るテレビ局や新聞社、雑誌の腕章を着けた集団が、まるで飢えた野犬のようにわらわらと群がり、輪花の心を貪《むさぼ》り食おうとする。

「相手にしちゃ駄目だ。行こう」

影山が囁《ささや》く。彼は輪花をエスコートしながら、尚美と二人でマスコミの群れをかき分けて進む。

「逃げるんですか？」

「そちらの男性は、唯島さんとはどういった関係ですか？」

こちらの感情を逆撫《さかな》でするかのように、何人かのリポーターが汚い声で叫ぶ。ああ

やってターゲットを挑発し、冷静さを奪って声を引き出そうとするのが、マスコミの常套《じょうとう》手段なのだ、と聞いたことがある。

耳を覆いたくなる気持ちを懸命に堪《こら》え、輪花はその場を後にした。

だが――事態はこれだけでは収まらなかった。


翌日。輪花が出社すると、すでにオフィス内は異様な空気に満ちていた。

尚美は無言で腫《は》れ物に触るような視線を送ってくるし、後輩の工藤未菜など、こちらと目を合わせようともしない。

輪花が戸惑っていると、室長の田邊がこちらに寄ってきた。

「唯島君――」

「おはようございます。すみません、遅くなって。午後からの挙式、大至急準備を……」

「いや、しなくていい。急にキャンセルしたいと申し出があった」

「え……当日に？」

ありえない。今日この日のために、何ヶ月もかけて準備してきたのではなかったか。

「今日だけじゃない。明日以降の、君が担当している挙式はすべてだ」

田邊はそう言うと、唖然《あぜん》としている輪花に、スッとタブレットを差し出した。

受け取って見ると、有名な女性週刊誌の記事が表示されている。

「今朝発売されたものだ……完全にこいつが原因だろうな」

『――アプリ婚連続殺人事件　捜査上に浮き上がる謎の美女』

そんな見出しとともに、でかでかと写真が載っている。昨日の葬儀で撮影されたものだ。輪花と、その肩に手を添えた影山が、申し訳程度の黒い目線を入れた姿で写っている。

『被害者は五組に　新婚夫婦を狙っての犯行か』

『女性は被害者の元教え子でNウェディングのスタッフ　被害者二組の挙式にも関与』

『女の恋人は、被害者達の出会いの場、マッチングアプリ・ウィルウィルのプログラマーA氏――』

気がつけば、タブレットに触れる指が小刻みに震えていた。

青ざめた顔で、田邊にそれを突き返す。何か言わなければと思ったが、すでに頭の中がぐちゃぐちゃで、何を言えばいいのか分からない。

「唯島君、今日は事務仕事だけ済ませたら上がっていい。それから……申し訳ないが、しばらく休暇を取ってもらえないか？」

田邊が静かに、有無を言わさぬ声で告げた。

輪花は呆然《ぼうぜん》と、ただ頷《うなず》くことしかできなかった。

7

ここ数日、和田拓馬はずっと苛立ちを募らせていた。

理由は簡単だ。急な人事異動による、役員待遇からの解任。すべては良からぬ密告者のせいで、警察に目を付けられてしまったことが発端だった。

——あなたが登録者、主に女性の個人情報を盗み見ているという話を聞きました。

いけ好かない女刑事からそう言われた時、真っ先に脳裏に浮かんだのは、椎名楓の顔だった。あいつがタレ込んだに違いない。おかげで「アプリ婚連続殺人事件の容疑者」などという、あらぬ疑いをかけられる羽目になった。

もちろん自分は犯人ではない。ただこの出来事がきっかけで、今まで和田を快く思っていなかった社内の連中が、一気に動いた。

それまで黙認していた覗き見行為に対して、コンプライアンスとかいう代物を持ち出し、こちらを潰《つぶ》しにかかってきた。

いくら役職付きといったところで、所詮《しょせん》は「総合イマジネーション部長」という、取ってつけたような存在だ。一人で会社全体を敵に回せるほど、強大な力があるわけではない。結果、和田はあっさりと潰された。

今のポストを剝奪《はくだつ》され、プログラムに干渉できない窓際に飛ばされた。ナガタウェディングとの取り引きに参加することも、当然許されなくなった。

唯島輪花――。もう二度とリアルでは会えないのか。それも、こんな下らない理由で。

そう思うと、鬱憤《うっぷん》が溜《た》まるばかりだ。

何か解消する方法はないか、と和田は考え、仕事をするふりをして、会社に持ち込んだ私物のタブレット端末をずっと眺めていた。

すでに、ウィルウィルのプログラムにアクセスする権限は失われている。しかし、今までにかき集めた「お気に入り」だけは、このタブレットにしっかり保存してあった。

登録された女たちの顔写真。名前。年齢。メールアドレス。大まかな住所――。

どれがいいか、と物色する。結果、やはり唯島輪花は特別だ、と気づいた。

輪花を、どうにかしたい――。そう思った。

職場は分かっている。今から早退して、近くで待ち伏せていれば、彼女が現れるのではないか。でも、現れたとしてどうする？　跡をつけるか。つけてどうする？　住所を突き止める。突き止めてどうする？　どうする？　どうしたい？

……危険な妄想ばかりが頭をよぎる。

少し気を紛らわせた方がいいかもしれない。そう思って、タブレットからネットを覗《のぞ》く。

真っ先に、今朝発売の女性週刊誌の見出しが飛び込んできた。

……写真画像に、唯島輪花が写っていた。

一応目線が入っているが、間違いない。

しかも――あろうことか、一緒に写っているのは、どう見ても影山だ。

「あいつ……」

思わず悪態が口を衝《つ》いて出た。

自分は輪花の個人情報を覗いただけで、こんな目に遭っている。なのに影山は何だ。完全に「出来ている」ではないか。

和田はタブレットを乱雑に鞄《かばん》にしまうと、すぐさま席を立った。退勤時間まではまだ時間があるが、律儀に待つつもりはない。

簡単に影山に落とされたのだ。自分にだって……。

身勝手な言い草だ、とは思わなかった。

今夜自分は、唯島輪花を我が物にする。今まで妄想に留《とど》めていたことを、ついに実行に移す――。

おぞましい気持ちを秘め、和田拓馬は会社を出た。

夕方より少し前のことだった。

タクシーを飛ばし、ナガタウェディングに着く。もちろん中に入るわけにはいかないので、表の目立たない場所を探す。式場の向かい側に、お誂《あつら》え向きの喫茶店があったので、そこへ移動した。

店内の窓からは、式場の入り口がよく見えた。コーヒーを飲みながら見張る。

もちろん、輪花に会えない可能性もある。だが、それならそれでいい。「一線を越えるな」という神の思《おぼ》し召しと諦《あきら》めよう。しかし、もし輪花が現れたなら——。

その迷いは、わずか二十分ほどで打ち切られた。

輪花が、表に出てきたからだ。

時計を見る。五時前。退勤時間にしては少し早い気もするが、この機を逃す理由はない。和田は急いで席を立ち、レジで手早く会計を済ませ、店の外に飛び出した。

輪花の後ろ姿をひたすら追う。バス停で足を止めるのが見えた。全力で走って追いつき、同じ列に並ぶ。それから眼鏡を外し、もし彼女に顔を見られても、正体がバレにくいようにする。

もっとも、輪花がこちらを振り返ることはなかった。和田はまんまと彼女と同じバスに乗り、彼女と同じ駅で降りた。

輪花はそのまま大通りを逸《そ》れ、住宅街へと向かう。

すでに辺りは薄暗くなっている。人目に触れにくい瞬間はいくらもある。

鼓動が速まる。どのタイミングで、どう動くか。

頭の中を、いくつものシミュレーションがよぎる。せいぜい体を触るか、無理やり唇を奪うぐらいが関の山という気もしてくる。

――くそ、こんな時にビビッてんじゃねえよ。

自身を叱咤《しった》し、和田は輪花との距離を徐々に詰めていく。

足音で気づかれないように。鼓動でバレないように。

もうすぐ、手を伸ばせば彼女の体に触れる。すぐそこに児童公園が見える。幸いひと気はない。まず口を塞《ふさ》いで、連れ去るだけでいい――。

……気がつけば、頭の中が真っ赤に染まっていた。

すでに冷静さなど欠片《かけら》もなかった。

不意に、何かが自分の背後から鼻と口を塞いだ。

それが、ハンカチを持った何者かの手だ、と気づき、慌てて声を上げようとした。

だが、弾みで息を吸い込んだ瞬間、喉《のど》が焼けるような感覚が走った。

咳《せ》き込む。いや、咳き込もうとする。

声が出ない。

輪花が遠のいていく。

くそ、と手を伸ばそうとしたが、途端にすさまじい勢いで後ろに引っ張られた。

抵抗しようにも、手足が痺《しび》れたように動かない。そのまま、アスファルトの上から公園内へ引きずられる。両足の踵《かかと》が砂地を擦り、線路のような模様を描いていく。

線路の終着点は、公衆トイレだった。

個室に押し込まれた。そこでようやく、襲撃者の顔を見た。

「…………」

声は、相変わらず出せなかった。

手足も動かない。

抵抗する資格を一切与えられないまま、和田は便座に座らされた。

逃げないようにズボンを下ろされ、それから革のベルトで、一気に首を絞められた。

第四章　懺《ざん》悔《げ》

1

永山吐夢が特殊清掃員の仕事を始めたのは、三年前の夏の盛りのことだ。

ある時、住んでいるアパートの隣室から、異臭が漂うようになった。放っておいたが、他の住人が大家に言いにいったのだろう。数日経って何人かの人間が隣室を訪ね、ドアを開け、直後、悲鳴やら嘔吐《おうと》の呻《うめ》きやらが騒がしく響いた。

その日のうちに警察が来て、隣室から遺体を運び出していった。壁越しに聞こえた話では、自殺らしい、とのことだった。

特殊清掃員の男達が訪ねてきたのは、それからさらに数日後のことだ。

ちょうどその時コンビニに買い物に出ていた吐夢は、戻ってきたところで鉢合わせした防護服の集団に、えらく興味を引かれた。

大量のゴミを詰めた巨大な袋を両手に抱え、階段を忙しく上り下りする一人を捕まえて、何をしているのかと話を聞く。初めは鬱陶《うっとう》しそうにしていた相手だったが、吐夢が一向に立ち去ろうとしないので、冗談交じりでこう言ってきた。

「そんなにこの仕事に興味があるなら、うちで働いてみるか？」

それが——吐夢が特殊清掃員になったきっかけだった。

特殊清掃というのは、簡単に言えば、死体があった現場をきれいにする仕事だ。病死、事故死、自殺、殺人。その内容に関わりなく、片づけ手のない現場に赴き、すべてを「なかったこと」にする。ゴミは捨て、害虫は駆除し、籠《こも》った死臭も徹底的に消し去る。そうして完成させた「きれいな場所」を、次の生きた人間に譲るわけだ。

特に孤独死した老人の住居などは、よく清掃の対象になる。仮に遺族がいる場合でも、死臭などで手に負えない場合は、やはり特殊清掃員の出番となる。

もちろん死体そのものを扱うことはない。それは警察の領分だ。しかし吐夢にとってこの仕事は、死者と向き合う行為、そのものだった。

死臭が漂う現場で、防護服姿で作業をしていると、死者の生前の姿が見えてくる。残骸《ざんがい》のようなゴミの山を漁《あさ》り、死体が汚した床を拭《ふ》きながら、ここの住人がどういう生き方をして、どんな状態で死んでいったのかを夢想する。それは吐夢にとって、死者と対話するに等しい行為であり、常に興奮の対象だった。

ただ、相手の死を悼む気持ちは、毛頭なかった。ただ楽しむばかりだった。人によっては、吐夢の悦《よろこ》びを死者への冒瀆《ぼうとく》とも捉《とら》えるだろう。

いずれにしても――吐夢にとって、この仕事は天職だった。

この日吐夢が訪れたのは、古びたアパートの二階にある、病死した男の住居だった。何でも、元暴力団員だったそうだ。現場にはいくつか「物騒なもの」もあったと聞くが、そちらはすでに警察が押収したらしい。

「ちょっと、ゴミ戻してくるわ」

一緒に働いている清村《きよむら》――吐夢を清掃員に誘ったあの男――が、両手で巨大なゴミ袋の塊を抱え、玄関から出ていった。

この仕事で扱うゴミ袋は、半透明の一般的なものだが、運び出す際は効率化のため、さらにそれらを巨大なバッグ状の専用袋にまとめる。当然片手でぶら下げることなどできず、抱えて運ぶことになる。しかも、もちろん防護服を着たままだ。

この仕事、難があるとすれば、やたらと体力を使うことだろう。

吐夢は清村を見送った後、ゴム手袋をした手で、辺りに散らばっている紙屑《かみくず》を無造作につかみ、ゴミ袋に詰め始めた。

こんな紙屑を、いったい何に使っていたのだろう。そう思っていたら、持ち上げた紙の中から、不意に何かがポロリと畳に落ちた。

摘《つ》まみ上げてつぶさに見ると、干からびた小指だった。

吐夢はふと思い立ち、足をはめている巨大なゴム長靴の隙間に、片手を差し込んだ。作業中は、いつもここにスマホをしまってある。

スマホを取り出して、カメラアプリを起動させる。小指を摘まみ、自分の顔と重なるようにアングルを決める。

シャッターを押す。暗い部屋に、目映《まばゆ》いフラッシュが焚《た》かれた。

もっとも、自撮りをSNSに上げるのは、趣味ではない。ああいう行いは、自分こそが世界で最も輝きを放っているのだと己惚《うぬぼ》れ、それを恥とも思わない連中だけがすることだ。

深海魚には深海魚の生き方がある——。吐夢はスマホを長靴の中に戻し、小指をゴミ袋に放り込んだ。

そこへ玄関のドアが開き、清村が戻ってきた。後ろに誰かがいる。

「おい吐夢、なんか警察だぞ。お前に用があるってよ」

言われて目をやると、見覚えのある男女の刑事が、並んで部屋の中を覗《のぞ》き込んでいた。

どちらも死臭に顔をしかめているが、それでもたじろぐ素振りを見せないのは、やはり職業柄だろう。

「永山吐夢さん。ちょっと、お話を聞かせてもらえませんか?」

女の方がハンカチで鼻と口を押さえながら言った。吐夢は鷹揚《おうよう》に立ち上がった。

「清村さん、続きお願いします」

そう言いながら玄関に向かい、清村にゴミ袋を託す。それから刑事達の間を縫ってドアを出ると、防護服のマスクと手袋を外して、二人の方を振り返った。

「気をつけてくださいね。臭いがつくと、二、三日取れませんから」

吐夢に言われて、二人の刑事は軽く頬を引き攣《つ》らせた。


刑事達は、初めは下に停めた車まで案内するつもりだったようだが、吐夢が臭いのことを指摘したためか、そのままアパートの廊下で話をすることになった。

女の刑事は西山茜、男の方は堀井健太と名刺にあった。

知っている。向こうは初対面のつもりだろうが、吐夢はすでに彼女達を、輪花のスマホ越しに見ていた。

「特殊清掃ですか。大変なお仕事ですね」

西山が、初めて知ったかのように、労《ねぎら》いの言葉を口にした。

どうせ事前に調査済みだろう。吐夢は、ぺたっ、と適当に微笑みを返した。

「そうでもありません。住人は大抵死んだ後なんで」

「そうですか……。この写真、見てもらえますか？　すみません、お時間取らせて」

吐夢の台詞《せりふ》には特に何も言い返さず、西山は何枚かの写真を取り出して、順番に見せた。

男、女。男、女。男、女……。二人ずつ、全部で五組が写っている。何の事件に関係する写真かは、すぐに分かった。

「どれもニュースで見た顔ですね」

「この中で、会ったことがある人は？」

「いませんね」

「一件目の被害者の女性——唐沢澄香さんとは、面識がありましたよね？」

「そう言えば、ありましたね。すでに過去のことなので、忘れていました」

特に表情を変えることなく、吐夢は発言を修正した。実際、忘れていたのは嘘ではない。自分にとって唐沢澄香は、すでに「終わった人」だ。

「では、こちらはどうです？」

西山がポケットからもう一枚、別の写真を取り出した。

唯島輪花が写っている。職場の制服を着ているから、ウィルウィルとは別の場所から調達したものだろう。

「面識は？」

「……ありますね」

「どういうご関係ですか？」

「マッチングアプリ」

「どの？」

「ウィルウィル」

簡素な答えだけを返しながら、刑事達の様子を窺《うかが》う。こういう時、自分の表情のなさは役に立つ。

この二人がこちらに話を聞きに来たのは、自分が唯島輪花と繋《つな》がりがあり、一件目の被害者とも接点があったからだろう。しかし、それだけでこちらを連続殺人の犯人だと疑うのは、無理筋というものだ。さすがに刑事達も、そこは自覚しているに違いない。

——面倒臭い。適当にあしらって帰らせるか。

「永山さん、あなたは彼女に何度もメッセージを送ってますね」

「僕は恐ろしく不運な星の下に生まれているんです。だから、誰かが僕を偽って彼女に悪質な嫌がらせメッセージを送っていたとしても、べつに驚きませんね」

「あなた……以前にも警察の厄介になってますね」

業を煮やしてか、それとも呆《あき》れてか。西山の口ぶりに、微《かす》かに苛立《いらだ》ちが見え始めた。

「一件目の被害者のことですか？」

「それ以前もですよ。記憶にあるでしょ？」

「はい」

「その時もマッチングアプリで出会った女性に付きまとった」

「運命でした」

「で、その女性をベランダから突き落としたのも運命なのか？」

堀井が口を挟んだ。こちらもだいぶ苛立っているようだ。

吐夢は表情を変えず、ぺたっ、と微笑んだ。

「事故ですよ。命に別状はなかった」

「……そういう問題じゃないでしょ」

西山がついに乱暴に言葉を吐き捨てる。これで——勝負はついた。

「僕は恋愛が苦手なんです。だから、いつもこじれる」

吐夢はそう言うと、西山が持つ輪花の写真に、スッと手を伸ばした。

西山が反射的に引く。その引き攣った表情を目で追いながら、吐夢は尋ねた。

「これ、きれいに写ってますね。貰《もら》ってもいいですか？」

「何言ってんだお前……」

堀井が唸《うな》る。まるで異物でも見るかのような目が、こちらを睨《にら》んでいる。

西山は彼を手で制すると、写真を片づけ、姿勢を改めて吐夢の方に向き直った。

「今日はこれで失礼します。いずれまた、お話を伺うことになるかもしれません」

そう言い残し、刑事達は下に戻っていった。

失礼するとは言ったが、帰るつもりはないらしい。アパートの外に停めてある車が動き出す様子はない。

吐夢はぺたりとほくそ笑むと、清掃現場に戻った。

清村から「何かあったのか？」と問われたが、適当にはぐらかしておいた。いつものことなので、向こうもそれ以上は何も聞かない。

吐夢はゴミ袋を手に、作業を再開した。

——その女性をベランダから突き落としたのも運命なのか？

ふと、先ほどの刑事の言葉が、脳裏をよぎった。

確かに突き落とした。だが実際のところ、あれは故意ではなかった。彼女の家に四度目の訪問をしたら、金切り声を上げた彼女から一方的に攻撃を受けた。そしてベランダで揉《も》み合いになり、反射的に突き落としてしまった。

それでも逃げずに、救急車も呼んであげた。なのに、後で警察に連行された。

結局事故ということが認められ、傷害や殺人未遂ではなく過失致傷になった。起訴もされなかったが、ストーカー行為についてはその場で厳重注意を受けた。いずれにしても、当時勤めていたアルバイト先は、このせいでクビになった。

だが——当時の事件を蒸し返されるたびに、吐夢は思い出すのだ。

自分が正真正銘、この手で階段から突き落とした、「彼女」のことを。

……あれは、高校に通っていた頃のことだ。

当時、吐夢は「陽気」だった。

いや、正確に言えば、陽気なキャラを演じていた。髪を金色に染め、誘われてバンドを組み、SNSではしゃぐ日々を送る。そうすることで、ようやく孤独から免れていた。

正直、苦痛だった。幼稚で不毛で、そんな自分に友達面で群がってくる連中にも、嫌悪感を覚えた。

こうまでしなければ手に出来ない光に、いったい何の価値があるのか——。何度もそんな風に思った。

だが一方で当時は、「生きるためには光が必要なのだ」という想いに囚《とら》われていた時期でもあった。物心ついた時から孤独な環境で育ち、周囲への嫉妬《しっと》や憎悪を募らせることが幾度となくあった自分にとって、この陽気な演技は、ある意味で社会との命綱だった。

そんな折——「彼女」に出会ったのだ。

同学年の女子だった。学校は違うが、バンドでライブに出た際に知り合った。

話をして、彼女の家《うち》が父子家庭だと知った。時折見せる母親への飢餓感や寂しげな瞳《ひとみ》に親近感を覚え、惹《ひ》かれ、親しくなった。

初めてキスをした相手も、彼女だった。人に愛されることの幸せを、自分はこの時初めて知った。

彼女こそ運命の人なのだ、と確信した。

……裏切られたのは、高校三年の終わりのことだ。

父の転勤に合わせて遠くに引っ越すのだ、と告げられた。

卒業したら一緒に暮らそう、と言ったが、彼女は「いつでも会えるから」と、笑って首を横に振っただけだった。

だから——突き落とした。

階段の上から勢いよく、背中を押してやった。

彼女は全身の骨を折り、以来、車椅子で生活するようになった。声も出せなくなったようだ。

引っ越しの日、彼女を見送りに空港へ行くと、彼女は小さな体を車椅子にすっぽりと収め、こちらを見てガクガクと震えていた。

愛《いと》おしい——。心底から、そう思った。

それからだ。吐夢が演技を止め、自分に正直に生きるようになったのは。

ただし、金色に染めた髪は、そのまま残した。これだけは、割と気に入っていたから。

×

「手強《てごわ》いやつですね」

車に戻って運転席に身を据えるなり、堀井はそう言って息を吐いた。

同感だ。第一の事件で捜査員が満足に情報を引き出せなかったのも、頷《うなず》ける。

西山は助手席に座ってドアを閉めると、出てきたばかりのアパートを、窓から見上げた。

吐夢の姿は、もちろん見えない。すでに清掃現場に戻ったのだろう。

「このまま待ちますか？」

「そうね。せっかくだから、堂々と尾行させてもらうわ」

窓の外を見つめたまま、西山は真顔で答えた。

長い間この仕事を続けていると、時々ああいう手合いに遭遇する。警察官に対して、やたらと挑戦的な態度を取りたがる人間だ。

意図的に視線を合わせる。質問に素直に答えない。わざと疑われるような素振りを見せ、こちらを嘲笑《ちょうしょう》する——。

どれも、一般的な民間人とは真逆の言動だ。根がひねくれている、としか思えない。永山吐夢はその典型……と言いたいところだが、中でも特にたちの悪い部類かもしれない。

何しろ、感情がまったく読めないのだ。

いや、感情があるかどうかすら怪しい——。少なくとも西山にそう思わせるぐらいには、永山吐夢は得体の知れない存在だった。

あの男には、何かが欠けている。それは善悪の判断かもしれないし、共感能力かもしれない。それとも、そういった不気味な性質を装っているだけだろうか。

試しに堀井に「どう思う？」と尋ねてみた。

「永山吐夢。何か欠けていない？」

「……愛、ですかね」

「真面目に答えてよ」

「え、結構真面目でしたけど。親に捨てられたんですよね、あいつ」

西山が呆《あき》れて振り返ると、堀井の真剣な仏頂面が目に留まった。これほどまでに「愛」という単語が似合わない顔も珍しい。

肩を竦《すく》め、窓の外に視線を戻した。

——愛が欠けている、か。

それなら私だって同じだ、と思う。もう何十年も、異性と交際した記憶がない。

吐夢には愛が足りていない。自分にも愛が足りていない。しかし、だったら吐夢と自分は同じようなものなのか、と言えば、そこは絶対に違う。

愛がないだけでは、人間は、あんな風にはならない。やはり吐夢には、もっと別のものが欠けているのだ。

それとも——彼は、私以上に愛が欠けているのだろうか。それこそ、想像を絶するレベルで。

「これで何も見つからなかったら、いよいよあの男を調べる機会はなくなりますね」

堀井の現実的な指摘が、西山の思考を引き戻した。

そうだ。今回吐夢のもとを訪ねるにあたって、上を説き伏せるのに相当苦労した。事件が目下進行中で、時間も人員も限られている中、第一容疑者の和田をさしおいて余計な捜査を挟む余地はない……という上の気持ちも分からなくはない。

だから、何としても吐夢の尻尾《しっぽ》をつかみたい。あの男が何らかの形で事件に関与していること——。それを絶対に突き止めるのだ。

意気込んで、西山はアパートを睨《にら》む。その時、不意に堀井のスマホが震えた。電話がかかってきたようだ。

……嫌な予感がした。これも、刑事の勘だが。

「先輩、移動します」

電話で二、三やり取りを終えた堀井が、申し訳なさそうに言ってきた。

「和田拓馬が失踪《しっそう》したそうです。今から和田の自宅に――」

「どういうことよ……」

予想外の報《しら》せに、ただ絶句した。

発進する車の中から、アパートをただ睨み続けた。


和田拓馬の行方が分からなくなったのは、今朝のことだった。

定時になっても出社してくる様子がなく、携帯や自宅に電話をかけても繋《つな》がらない。どうせ無断欠勤だろう、と誰もが考えたが、昨日不自然に早退していったという声もあり、念のため上司が和田の家を訪ねた。

鍵《かぎ》は開いていた。妙だ、とは思ったが、中を覗《のぞ》いてみた。

そこに、とんでもないものがあった。

壁一面に貼られた、何枚もの写真――。それが、ある一人の女性を幾度となく盗撮したものだと気づいた瞬間、上司は迷わず警察に通報した。

女性は、ウィルウィル社とも縁のある人物だった。現在ネット上では、彼女の名が炎上し、すっかり有名人になってしまっている。

もちろん、唯島輪花だ。

一方和田の姿は、自宅や近隣のどこにもなかった。警察が室内を検《あらた》めたところ、預金通帳やクレジットカードの類《たぐい》が一切なく、クローゼットの中が不自然にスカスカな状態であることが分かった。

まるで——必要なものを取りまとめて逃げたかのような、そんな印象を受けたという。

……いくら何でも、出来すぎではないか。

現場に着いた西山は、報告を受けるなり、真っ先にそう思った。

この部屋を見る限り、和田が輪花のストーカーだったことは疑いようがない。例の覗き趣味が高じて、ここまで落ちたか。しかもここ数日、輪花は何者かの悪意によって、SNSで攻撃を受けていた。これも和田の仕業だと考えることは、充分可能だ。

そしてこの急な失踪……。まるで、一連の事件の犯人がやはり和田で、捜査の手が自分に及ぶことを恐れて逃走した、と言わんばかりの状況だ。

そう、だからこそ——出来すぎなのだ。

疑いようがない？　いや、自分なら絶対に疑う。そもそもなぜ、この部屋の鍵は開いていた？　逃走するつもりなら、普通は発覚を遅らせるために閉めておくものだろう。これではまるで、わざわざ逃げたことをアピールしているも同然ではないか。

ともすれば頭痛に変わりそうな思考に翻弄《ほんろう》されながら、西山は図体《ずうたい》のでかい部下に尋ねた。

「和田の足取りは？」

「すでに動いてるようです。ただ、特定には時間がかかるでしょうね」

堀井が苦々しげに答える。西山も同じ気持ちだ。

これから先、本部は和田の身柄を確保するために全力を挙げるだろう。そうなれば、西山もその流れに加わらざるを得なくなる。

……当然、吐夢をマークする時間などなくなる。

「どうすればいいと思う？」

「……和田を追うべきです」

憎たらしいほどに、優等生の回答が来た。

「少なくとも、和田は一連の事件に何らかの形で関与しています。決して無駄な捜査じゃないですよ」

「分かってる。……分かってるってば」

ただ——その間、吐夢は野放しになる。本当にそれでいいのか。

もう一度上層部に掛け合ってみるか。この状況では、かなり望み薄だが。

肺の中に膨れ上がった苛立《いらだ》ちを、深い息とともに吐き出し、西山は盗撮写真にまみれた気色悪い壁を睨んだ。

2

家に帰ってきた芳樹は、相変わらず、どこか様子がおかしかった。

輪花がしばらく仕事を休むことは、すでにＬＩＮＥで伝えてある。しかしそれとは別に何か心配事を抱えているかのようで、夕食の間もずっとうわの空で、電話機の方ばかりチラチラと見ている。

「……ご馳走《ちそう》様。ちょっと食欲がないんだ」

結局そう言って食事も残し、リビングのソファでぼんやりとしていた。

輪花は諦《あきら》めて後片づけをすると、「お腹空《す》いたら、何か作るから言ってね」とだけ言い残し、自分の寝室に戻った。

照明を点《つ》けるといつものように、幼い頃の絵が迎えてくれた。

小さな女の子と、大きな男の人と、大きな女の人。輪花の家族。

小さな女の子と、エプロンをした大きな女の人。輪花と、幼稚園の先生。

小さな女の子と、赤い服を着た大きな女の人と、四葉のクローバー。

……これだけが、何の絵だか思い出せない。

ベッドに腰を下ろす。そこで不意に、スマホの通知音が鳴った。

ウィルウィルだ。メッセージではなく、何かの画像が送られてきたらしい。

送り主は吐夢だ。まあ、他にマッチングしている相手がいないのだから、当然だが。

輪花は気になって、画像を表示させてみた。

……古い写真だった。写っているのは、小さな女の子と、若い男女。

それが誰なのか気づき、輪花は息を呑《の》んだ。

――私の家族だ。

服装に覚えがある。ここに写っているのは、幼い自分と、若かった頃の父と、まだ家にいた母だ。

ただ、顔は分からない。

写真の表面が傷つけられているからだ。……まるでそう、バツ印を描くように。

思わずゾッとして、輪花はスマホを取り落としそうになった。

写真は、三人がどこかの公園で遊んでいる姿を撮ったものだった。ただし三人とも、顔がレンズの方を向いていない。

盗撮されたものかもしれない。それも、二十五年以上前に――。

自然と息が荒くなる。いったい誰がこれを撮ったのだろう。年代から考えて、吐夢の仕業ではないはずだが。

いずれにしても——あの男を放っておくことはできない。

輪花は震える指で、メッセージを打ち返した。

『嫌がらせのつもり？　もうこういうのは送らないで』

すぐにトムから返事が来た。

『何のことですか？』

何をぬけぬけと、という苛立ちが急速に膨れ上がる。

『今写真を送ってきたでしょ？　とぼけないで』

『僕ではありません』

『あなたの名で届いたのに？』

『では、ハッキングされているのかもしれませんね。セキュリティレベルを上げておかないといけませんね』

……埒《らち》が明かなかった。輪花はアプリを閉じ、スマホを握り締めた。

影山に会いたかった。今すぐにでも。

翌日——。実際に影山に連絡してみたところ、退勤後に会ってもらえることになった。

何でも、昨晩上司の一人が突然失踪《しっそう》したため、すっかり社内が慌ただしくなっているという。おかげで勤務中に抜け出すのは難しいらしい。輪花は「気にしないでください」と言ったが、この妙なタイミングで起きた失踪事件のことは、少し気になった。

影山と落ち合ったのは、駅前にある喫茶店だった。注文したコーヒーが来たところで、輪花が昨日の写真を見せると、影山の表情が曇った。

「この写真のこと、お父様には話したんですか？」

「なんか、切り出せなくて……」

輪花はそう答え、熱いコーヒーを一口啜《すす》った。

父の様子がおかしいのも不安の一つだ。あの奇妙な電話があって以来、食欲も落ち、何を話しかけても大抵うわの空でいる。

こういう時、母がいれば、と思う。家族の心配事を無条件で分かち合えるのは、やはり同じ家族だけなのだ。

輪花がそう言うと、影山は深く頷《うなず》いた。

「分かります。僕も母子家庭だったので。母に何かあっても、僕以外に支える人がいないのが、どんなに不安だったか……。輪花さんも心配ですよね」

「ええ。……うちの母は、私が子供の頃に家を出ていってるんです。私達を置いて、ある日突然」

——あなたは、幸せになるのよ。

この言葉を残し、公園に輪花を残して去っていく母の後ろ姿が、今でも思い出される。

あれは、夏のことだった。陽炎《かげろう》が揺らめいた。

陽炎とともに母の背中も揺らめき、彼方《かなた》に消えていった。

なぜ母は、家を出たのだろう。なぜ父は、何も説明してくれないのだろう。

うちの家族は、いったい何を抱えているというのだろう。

いつしか輪花は涙ぐんでいた。

影山がその手を、そっと包み込んだ。

輪花はしばしの間、コーヒーよりも温かな彼の手に、すべての感情を委《ゆだ》ねた。


影山と別れて帰路に就く頃には、辺りはすっかり暗くなっていた。

街灯がまばらに灯《とも》る道を早足で歩き、家の前に辿《たど》り着く。そこでふと、門柱のポストに封筒が挿してあるのに気づいた。

唯島輪花様、と書かれている。裏返してみたが、差出人の名はない。よく見れば、切手と消印もない。

訝《いぶか》しんだものの、輪花はその場で封筒を開けてみた。

写真が入っていた。

写っているのは、ベッドで眠る、若い頃の父だった。

裸だった。

隣には、やはり裸の若い女が一緒に横たわっている。母とは違う女だ。

アングルから見るに、この写真は、どうやら彼女が父に内緒で撮影したものらしい。

輪花は震えながら、家の方を見た。

明かりは点いている。父はすでに帰宅しているはずだ。

居ても立ってもいられず、すぐさま玄関に飛び込んだ。

3

……思えば、「彼女」に初めて会った時、すぐに関係を断つべきだったのだ。

「彼女」の左腕にびっしりと刻まれた、あの古い傷痕《きずあと》を見た時、すぐに。

唯島芳樹はリビングのソファに座り、かつての苦い記憶に、想いを巡らせていた。

マリア――。チャットルームで知り合った女のハンドルネームだ。

初めは好奇心から、妻に内緒で、見知らぬ女とのスレスレの会話を楽しむだけだった。ところが話しているうちに、意外と近くに住んでいることが分かり、好奇心が情欲に変わった。

実際に会ってみると、マリアは美しい女だった。歳は芳樹の二つ下で、独身だという。

会ったその日に男女の関係となった。マリアは拒むどころか、貪欲《どんよく》に芳樹を求めた。あまりに貪欲すぎて、芳樹がおぞましさを感じたほどだ。

もともと軽い遊びのつもりでいた。家族を捨てて彼女と添い遂げる気など、あるはずがなかった。芳樹はすぐに、別れ話を切り出した。

マリアは、退《ひ》かなかった。

逢瀬《おうせ》に使っていたチャットルームは、常に監視された。メールも頻繁に届いた。

チャットを止め、メールはブロックした。

そうしたら——家に押しかけてきた。

あの日の恐怖を、芳樹は忘れたことがない。

夕方だった。いつものように帰宅すると、玄関に見覚えのある赤い靴があった。

心臓が止まるほどの思いで、慌ててリビングに飛び込んだ。

赤いワンピースの女が——マリアが、幼い輪花の頭を笑顔で撫《な》でていた。

輪花はテーブルに画用紙を広げ、絵を描いている。植木鉢の絵だ。テーブルの上に、クローバーの植わった見慣れない鉢植えがある。

──何なんだ、この光景は。

あまりの出来事に、芳樹はマリアに向かって小さく叫んだ。

「……何してるんだ」

「あら、お帰りなさい。……お知り合いなの？」

ふと声がして振り向くと、ちょうど妻がコーヒーを淹《い》れて運んできたところだった。

妻が芳樹を不思議そうに見る。どうやら、マリアの正体に気づいていないらしい。

マリアがにんまりと微笑み、芳樹に言った。

「初めまして。先ほど奥様と知り合ったんです。お互い子持ちでしょ？　気が合っちゃって」

「子持ち……？」

言われて、ようやく気づいた。

リビングの片隅に、もう一人、いた。

小学生ぐらいの男の子が、膝《ひざ》を抱え、背を丸め、じっと座っている。

無口なのか、押し黙ったままである。母親達から目を背けるように、ベランダの外を見つめるその顔には、表情が一切ない。

マリアに子供がいたことを、芳樹はこの時初めて知った。

「これ、いただいたのよ。クローバーを育てるのが趣味なんですって」

妻が鉢植えを指して、嬉《うれ》しそうに言った。

あの時の鉢植えは、それから数ヶ月の間、唯島家のリビングを飾り続けた。

捨てられたきっかけは、そう——。

「……っ！」

不意に鳴り響いた電話に、芳樹は回想をやめ、ハッと顔を上げた。

急いでソファから立ち上がり、電話機のもとに駆け寄る。

震える手で受話器を取り、応《こた》えた。

「はい、唯島です」

『……ああ、芳樹さんの声だ』

しゃがれた女の声がした。思わず怖気《おぞけ》立《だ》った。

「……君なのか？」

『嬉しいわ。名乗る前に思い出してくれて。あれからもう二十五年も経つわね』

——久しぶりに会いたいわ。

マリアが囁《ささや》いた。地獄への誘いを、現在の居場所とともに。

輪花が帰ってきたのは、芳樹が電話を切った、その直後だった。

4

「どういうこと？」

リビングに入るなり写真を突きつけた輪花に対して、芳樹が狼狽《うろた》えた様子はなかった。

何か予感でもあったのか、ただ絶望に満ちた顔を伏せ、呻《うめ》くように言った。

「座ってくれ。……頼む」

頭を下げられ、向かい合ってテーブルに着く。

輪花は改めて芳樹を見た。かつては頼もしかったはずの父が、卑屈に目を泳がせている様が、痛々しい。

「輪花、俺は……ずっとお前に秘密にしてきたことがある」

母さんを裏切ってきた――と、芳樹は声を震わせ言った。

そんなことは分かっている。この写真を見れば、誰だって分かる。私はもう子供じゃない。馬鹿にしないで。

思わず罵声《ばせい》が溢《あふ》れそうになる。輪花はそれを呑《の》み込み、芳樹に尋ねた。

「何でこんなことを……？」

母への不満があったのか。家庭に不満があったのか。何でもいい。何か納得できる理由を言ってくれれば、こちらもまだ救われるかもしれない。そう思った。

「……遊びのつもりだったんだ」

だが芳樹の口から出たのは、そんな身勝手でありふれたものでしかなかった。

これは――本当に父なのだろうか。

ふと、そんな錯覚に陥る。今目の前にいるのは、父ではない。老いてしわの刻まれた、唯島芳樹という名前の、赤の他人ではないのか。

心が醒《さ》めていく。まるで水槽のガラス越しに、まったく興味のない生き物を眺めているかのような気持ちで、輪花は静かに、芳樹が語るのを聞き続けた。

芳樹の言うには、その愛人とは、ネット上のチャットルームで知り合ったのだという。当時は、男女の新たな出会いの場として流行《はや》っていたそうだ。……そう、現代のマッチングアプリのように。

とは言え――芳樹は愛人との関係を、何度も終わらせようとしたらしい。

だが、相手は諦《あきら》めなかった。芳樹の持ちかけた別れ話を無視し、ついには家にまで押しかけてきたという。

それを聞いて、輪花はふと、古い記憶を蘇《よみがえ》らせた。

……赤い服。……クローバー。

――そうか。あの女の人が。

「だから俺は、直接あいつの家に行ったんだ」

汗ばんだ顔を震わせ、芳樹は絞り出すように語った。

……それは、輪花が初めて知る事件の話だった。

二十五年前のことだ。

当時、芳樹の愛人――「マリア」というハンドルネームだったらしい――が住んでいたのは、ある公営団地の一室だった。

場所は、唯島家からそう離れていなかった。平日の午後、芳樹は仕事を早退し、彼女の部屋を訪ねた。

雑然とした部屋だった。

玄関を開けてすぐに狭い台所があり、その隅で剝《む》き出しの配管が天井から床へと、部屋を縦に貫くように延びている。

シンクは白く濁り、換気扇は黒ずむ。辺りを小さなハエが飛び交う。冷蔵庫の前には食材を入れた段ボール箱が無造作に置かれ、すぐ隣に束ねた古新聞が積まれる。

リビングに据えられたテーブルには、クローバーの鉢植えが所狭しと並ぶ。これだから虫が湧くのではないか、と芳樹はどうでもいいことを心配しながら、奥の部屋を見た。

敷きっぱなしの布団が、二組あった。片方は、先日うちに来た子供の布団だろう。

そう言えば、あの子の姿が見えない。まだ学校だろうか。

視線を動かすと、イエス・キリストを描いたと思《おぼ》しき、小さな肖像画が見えた。

祭壇がある。自分の愛人がクリスチャンだとは知らなかった。

——なるほど、だから「マリア」なのか。

納得しつつ、芳樹は手にした鞄《かばん》から、厚みのある封筒を取り出した。

まとまった額の金を用意してきた。手切れ金のつもりだった。

マリアに突き出したが、彼女は封筒をテーブルの隅に放置し、その場で鉢植えをいじり始めた。

「なあ、もういいだろ？　これで終わりにしてくれ」

芳樹が焦《じ》れて言うと、マリアはにんまりと微笑み、小さなクローバーを一本、指先で摘み取った。

「あった」

「……何が」

「四葉のクローバー」

いったい何を考えているのか——。マリアはクローバーを芳樹に押しつけ、そのまま台所に向かった。

段ボール箱の中から、ナスを一本取り出す。彼女がそれをシンクで洗い始めたところで、芳樹はクローバーをテーブルの上に放り出し、改めて叫んだ。

「とにかく終わりだ！　もう会わない」

「待って。お腹空《す》いたでしょ？　何か作るわ」

まな板の上にナスが載る。包丁が、ザクリ、と入る。

笑顔で調理を始めたマリアに、芳樹はもう一度繰り返した。

「聞いてなかったのか？　もう終わりなんだ！」

だが、マリアは笑ったままだった。

笑ったまま芳樹の方を向き、口元を、にぃ、と歪《ゆが》めた。

そして、告げた。

かつてアダムとイブを陥れた、邪悪な蛇のような目で。

「――できたのよ。私達の子供が」

ぐぅっ、と芳樹は喉《のど》を震わせた。

それから懸命に声を絞り出し、嘘だ、と悲鳴を上げた。

嘘をつけ。二度と俺に付きまとうな。

そう叫びながらマリアに背を向け、玄関から飛び出そうとした。

その瞬間——。

どっ、と鈍い音が、すぐ背後で鳴った。

背中に寒気が走り、鈍い痛みに変わった。

ずずっ、と背中から何かが抜かれるような感触が走った。

振り返ると、マリアが手に包丁を握り締め、立っていた。

刃の先端に、赤いものが付着している。自分の血だ、とはすぐに理解できなかった。

だが、逃げなければ、ということだけは、すぐに分かった。

ドアを押し開け、もう一度背を向けて走ろうとする。背中が熱い。

マリアが咆《ほ》えた。獣のように、おぞましい声で。

階段を駆け下りようとしたところで、大きくつまずいた。再び包丁が振り下ろされる。背中に激痛が走る。

周りが騒がしい。ドアから出てきた住人達が騒いでいる。階段を上がってきた誰かが、驚いて足を止めている。

だが、助けを求める声も出せないまま、芳樹はその場に倒れ込んだ……。

「そんなことが……」

話を聞いて輪花は、しばし絶句した。

とんでもない事件だ。父が刺されたなどという話は、当の芳樹はもちろん、母からも聞かされたことはなかった。

もちろん、幼い娘に聞かせるような話ではないのだろう。だが――二十五年だ。二十五年もの間、自分は、何も教えてもらえなかったのだ。

「俺は幸い一命を取り留めた。……マリアは、逮捕された」

「この写真を送ってきたのは、その人？」

「……だろうな。他に考えられない」

「その人は今どこにいるの？」

「……分からない。刺されたのを最後に、会ったことはない」

ともあれ、この事件をきっかけに、隣町にある今の家に引っ越したという。

マリアがくれた鉢植えも、その時に捨てられた。純粋に「持っていたくなかったから」というのが理由だったが、いざ中身を空けてみたら、土の中に盗聴器が仕込まれていたのが分かった。すでにバッテリーは切れていたが……。

母が新居を捨てて出ていったのは、それから間もなくのことだ。

「やり直せると思った。やり直すつもりで引っ越した。なのに――」

芳樹が唇を嚙《か》む。輪花は無言で、そっと立ち上がった。

父の不倫と、母の家出――。ようやく、家族の抱えていた真実がここに出揃った。

……いや、すでに家族ではない。

裏切り、隠す。それは、家族がしていいことではない。

芳樹を見下ろす。小さくて、みっともない、老いた男の姿を。

「……お父さんの顔なんて、見たくない」

輪花は静かにそう言い残し、リビングを去った。


翌朝輪花が起きてくると、芳樹の姿はどこにもなかった。

奇妙に思ったが、テーブルの上にメモが置かれていることに気づいた。

『すぐ帰る　芳樹』

メモには改まった字で、ただそれだけが書かれていた。

5

永山吐夢はアパートの自室で、青白く灯《とも》る水槽を眺めながら、じっと考え続けていた。

さっき、ついに唯島家の過去が、父親の口から語られた。

父・芳樹の不倫。母親の家出。マリアと名乗る女——。そして、輪花の記憶。

いくつもの情報が、盗聴システムを通して自分の手元に集まってきた。だがこれらは、まだバラバラな断片に過ぎない。

パズルと同じだ。正確に繋《つな》ぎ合わせなければ、真実には至らない。

しかし、その真実を導き出す猶予は、もうあまり残されていないかもしれない。

今夜、マリアから芳樹に電話があった。きっと明け方までに、何かが起こるだろう。もっともそれ自体は、直接輪花を害するものではないが――。

「……早ければ、明日か」

吐夢は独《ひと》り言《ご》ち、心の中に輪花の顔を思い浮かべた。

――愛《いと》おしい。壊したい。

――愛おしい。壊されたくない。

――どちらの感情が正しい？

考える。そして、どちらも両立可能なのだ、という結論に至る。

輪花がこちらを拒んでいるのは明らかだ。だが吐夢にとって、すでに唯島輪花という女性は、ただのストーキング対象ではない。

だから――最後まで愛し続けなければならない。何に阻まれようとも、絶対に。

水槽を離れ、パソコンの前に移った。

輪花にコンタクトを取る方法を考える。普通に会ったところで、話を聞いてはもらえないだろう。となれば、誰か別の人物を介するしかない。

……すでに輪花の交友関係は把握している。すぐに一人、適当な相手を思いついた。

吐夢はパソコンを操作し、すぐさま「彼女」の住所を調べ上げた。


翌朝。早い時間に家を出た吐夢は、中央《ちゅうおう》区内にあるマンションへと向かった。

外で待っていると、ちょうど八時を回るか回らないかの頃、一人の女がエントランスに姿を現した。

ショートボブの髪を揺らし、パンプスの踵《かかと》を鳴らして足早にマンションを出ていく。

吐夢は一度やり過ごし、そっと後ろに回り込んだ。

ブコ、と長靴を鳴らすと、女はすぐに気づいて、軽く振り向いた。

「おはようございます」

声をかける。女が足を止める。すぐにその不審そうな眼差《まなざ》しが、こちらを捉《とら》えた。

――伊藤尚美。輪花と親しい同僚だ。

「誰？」

そう尋ねた尚美の目が、すぐに驚きで大きく見開かれる。彼女がこちらの顔を記憶していることは把握済みだ。

当然だろう。あれほど輪花のスマホを覗《のぞ》き込んでいたのだから。

カメラ越しに、こちらから見られているとも知らずに。

「輪花さんのお友達ですよね？」

そう問い返すと、尚美はすぐに「トム！」と叫んだ。

「トム！……あなた、永山吐夢ね？」

「知ってるんですね、僕のこと。話が早い」

「近づかないで！」

一歩前へ出た途端、全力で拒まれた。吐夢は口元を歪《ゆが》め、怯《おび》える尚美に、ぺたり、と笑ってみせた。

もっとも、尚美はますます表情を強張《こわば》らせただけだったが。

「そんなに危険人物扱いしないでください。僕は貴方《あなた》に用があるんです」

「何の用よ！」

「興奮しないで。……本当は輪花さんに話したいんですけどね。僕が彼女に会おうとすると、警察を呼ばれてしまうので」

そう言って吐夢は手を伸ばし、後退《あとずさ》ろうとする尚美の腕を、しっかりと捕らえた。

尚美の表情が恐怖に満ちる。どの女も同じだ。吐夢にとっては、見飽きた反応だった。

6

すでに朝の九時を回ったが、芳樹が家に帰ってくる様子はなかった。

もしかしたら、そのまま出勤したのかもしれない。輪花はそう考えたものの、念のため連絡は取ったほうがいいような気がした。

だが、いざスマホを手に取ると、どんなメッセージを送っていいか分からない。やはり昨夜の喧嘩《けんか》を、まだ心が引きずっているのだ。

諦《あきら》めて、影山に相談することにした。

すっかり頼り切ってるなぁ、と自分でも呆《あき》れながら、LINEにメッセージを送る。

せめて夜にでも会えれば……と思ったのだが、意外にも影山は、輪花の想像以上に積極的だった。

『今日は仕事が休みなので、今から会いませんか？』

そんな返信がすぐに来た。輪花は急いで身支度を整えつつ、落ち合いたい場所を告げた。

隣町の児童公園だ。母と別れたあの場所で、影山にすべてを打ち明けたかった。

影山はすぐに向かうと答え、そこでメッセージが途切れた。

輪花が公園に着くと、ちょうど手前の路肩に、彼のものと思《おぼ》しきライトレッドの車が停めてあった。近所なのに、わざわざ車で来たのだろうか。

奇妙に思ったものの、

「輪花さんが落ち込んでいるようだったので、気晴らしにドライブでもいかがかなと思いまして」

「ありがとうございます。でも、ここで話を聞いてもらいたくて。……特別な場所なんです。この公園」

輪花は笑みを返し、公園の端から敷地内を見渡した。

そして——すべてを話した。父の不倫から始まり、それが招いた事件と、唯島家の引っ越し。そして、母が家を出たことまで……。

その母と最後にいたのが、この公園だった。

今は、幼稚園の制服を着た小さな子供達が、無邪気に遊び回っている。保育士の先生も一緒だから、散歩の途中に立ち寄ったのだろう。

制服に見覚えがある。かつて自分も、あそこの幼稚園に通っていたのだ。

その光景を眺めながら、輪花は記憶を辿《たど》る。

——小さな女の子と、赤い服を着た大きな女の人と、四葉のクローバー。

幼い日に描いた、絵……。

父の話を聞いて、ようやくあの絵が何かを思い出した。

「私、父の不倫相手に、もう一度会ったことがあるんです。その人が家に来た時よりも、もっと後に――」

影山は静かに耳を傾けている。輪花は訥々《とつとつ》と、当時の体験を語った。

……あれは、幼稚園の庭で、輪花が一人で遊んでいた時だ。

砂地にボールを弾ませていると、ふと頭の上に影が差した。

見上げると、女の人がいた。

真っ赤な服を着た、若い女の人だ。

顔は――見たことがある気もしたが、誰だかは思い出せなかった。

びっくりして立ち竦《すく》んだ輪花に、その人は優しく微笑んだ。

「輪花ちゃん」

そう言ってしゃがみ込み、輪花の髪と頬を撫《な》でる。輪花はキョトンとしたまま、その人を見つめ続ける。

「可愛いね。はいこれ。あげる」

何かが、差し出された。

先端に四つの葉がついた、小さな草だ。

クローバー、という名前だけは、なぜか記憶にあった。

「これを持っていれば、幸せになれるのよ」

女の人はそう言って、クローバーを受け取った輪花の頬を、もう一度撫でた。

その時だ。不意に「輪花ちゃん」と呼ぶ声がした。

教室の方を振り返ると、保育士の先生がこちらに駆け寄ってくるところだった。

今思えば、園に不審な女が入り込んでいるのに気づいたからだろう。

先生が輪花を抱き寄せる。輪花はもう一度、女の人の方を振り返った。

そこにはすでに、誰もいなかった。

貰《もら》ったクローバーは、そっとポケットにしまった。

幸運――。それが四葉のクローバーに込められた意味だ、と輪花が知ったのは、遥《はる》か後。自分が小学生になってからのことだ。

……そこまでを語り終え、輪花は軽く息をついた。

保育士の先生が園児達を集めている。そろそろ帰りの時間らしい。

その様子を眺めるうちに――輪花はふと、奇妙に思った。

あの幼稚園は、自分が幼い頃に通っていたところで間違いない。制服に覚えがある。

だが、それは当然、こちらに引っ越してきた後のことだ。

だとしたら――なぜあの女の人が、幼稚園に現れたのだろう。

すでに唯島家が引っ越して地元を離れた後だというのに。

のか。

……いや、父は、彼女に刺された後は会ったことがない、と言っていた。ならばあの女は、わざわざ輪花だけに会いに、引っ越し先を調べ上げて、こちらにやってきたのか。

母は、このことを知っていたのだろうか。

頭の中が混乱してくる。自分はまだ、何も分かっていないのかもしれない。

そんな時だ。ふと影山の腕が、輪花を後ろからそっと抱き締めた。

振り返り、彼の胸に顔を埋《うず》めた。

その瞬間、張り詰めていたものが切れたかのように、涙が溢《あふ》れてきた。

「私……家族のこと、何も知らなかった。何も分からない。影山さん……」

輪花の声に、影山の力が籠《こも》る。

「どんな人間にも、いくつもの顔がある――。それは家族でも同じさ」

そんな慰めの言葉が、優しく囁《ささや》かれる。輪花が今一番求めている言葉だ。

どこまでも縋《すが》りたくて、輪花は彼の胸に、顔を埋め続けた。

そこで――不意にスマホが鳴った。

自分のポケットで、電話の着信を知らせるメロディが鳴り響いている。急いで確かめると、尚美からだった。

輪花は影山から離れ、通話ボタンをタップした。

「……尚美？　どうしたの？」

影山の手前、自然と小声になる。

『輪花……今、一人？』

スマホ越しに、尚美の囁きが返ってきた。なぜ向こうまで小声になっているのだろう。

「ううん、影山さんと一緒だけど」

輪花がそう言うと、尚美は少しの間押し黙ってから、こう続けた。

『……あのね輪花、私、会ったよ。……あなたのストーカーに』

「え……？」

途端に全身を戦慄《せんりつ》が走った。なぜ吐夢が尚美に？　まさか、尚美に何かしたのか。

だがそれを確かめるよりも先に、尚美の囁きが輪花の言葉を遮った。

『……ねえ輪花、今すぐ、一人で、こっちに来て』

「こっちって……式場に？」

『いいから早く！』

尚美の声が鋭くなった。彼女は『一人でね』と念を押すように付け加えて、一方的に通話を切った。

輪花は影山の方を振り返った。彼の不思議そうな顔が、こちらを見つめている。

「どうしたの？」

「尚美が――」

言いかけて、ふと輪花は嫌な予感を覚えた。

なぜ尚美は「一人で」などと言ったのだろう。

一人で来い――。この言い回しは、どういう時に使われるか。尚美は吐夢に会ったと言った。その上で、輪花を一人で誘い出そうとしている……。

――もしかしたら、尚美は人質になっているのではないか。

悪い想像が脳裏をよぎった。だが、否定ができない。

輪花は震える声で――ただし努めて冷静を装い、影山に言った。

「尚美が、すぐに式場に来てほしいって」

「送るよ」

「ううん、大丈夫。バスですぐですから。今日はありがとうございました」

輪花は影山に礼を言い、すぐに公園を出た。

確かに影山がいれば心強い。しかし彼が一緒だと、尚美が何をされるか分からない。苦渋の決断だった。輪花は公園から急ぎ足でバス停に向かい、そこから式場前を通るバスに飛び乗った。

再び尚美から連絡があったのは、走行中のバス内でのことだ。

『輪花、一人？』

ＬＩＮＥにメッセージが入る。『一人だよ』と返すと、数分待って、尚美から返事が来た。

『長くなるから詳しい話は後で。今夜、八時にうちに来て。その時間なら帰宅してるはずだから』

尚美からの連絡は、そこで途絶えた。

吐夢に捕まっているわけではないのか。輪花は、ただ首を傾げることしかできなかった。

式場に着いたが、特に変わった様子はなかった。

ちょうど外に出ていた同僚を捕まえて話を聞いたが、尚美は普通に勤務中らしい。

つまり――無事なのだ。間違いなく。

輪花は迷ったものの、オフィスには入らず、夜まで時間を潰《つぶ》すことにした。

今のナガタウェディングに、自分の居場所はない。それが分かっていたからだ。

あれからスマホには、誰のメッセージも入ってこない。影山もそうだが、父からの連絡も、まったくないままだ。

まるで、自分を取り巻く世界のすべてが、自分から剝《は》がれ落ちて消えてしまったような――そんな気がしてならなかった。

街をさまよううちに、日が暮れてきた。そろそろ尚美の退勤時間だろうと思い、スマホにメッセージを送る。

返事はなかった。輪花は逸《はや》る気持ちを抑え、約束の時間どおりに、尚美のマンションを訪ねることにした。

×

伊藤尚美が自宅のマンションに着いた時、周りに人の気配はなかった。

用心深く振り返る。後ろに誰もいないことを確かめ、エントランスのオートロックドアを通る。

集合住宅の定番セキュリティとして知られるこのタイプのドアは、住人のすぐ後をついていけば、たとえ部外者でも簡単に通過できてしまう。不法侵入の手口として悪用されるケースは、後を絶たない。だから「通る時は一人で」が基本だ。

もっとも普段なら、尚美がここまで用心深くなることはない。今夜は、特別だった。

――永山吐夢。

輪花から話は聞いていたが、直接目にしたのは、今日が初めてだ。

しかもあろうことか、向こうからコンタクトを取ってきた。いったいどうやってこちらの住所を知ったのか。いや、住所だけではない。あの男は尚美の顔も名前も、輪花との関係も、すべてを掌握していた。

いや、おそらく尚美だけではないだろう。輪花の周囲にいる人間は、多かれ少なかれ、吐夢に個人情報を握られてしまっているに違いない。

気持ちが悪い、と思う。自分のような第三者が吐夢から身を守るためには、輪花から離れる以外に手段がないのだから。

しかし言い換えれば、それは輪花を見殺しにするということにもなる。尚美にとっては、不本意でしかない。

エレベーターに乗り、四階に着く。周りを慎重に確かめながら廊下を辿《たど》り、部屋のドアの前に立つ。

鍵《かぎ》が開いていたらどうしよう――と、一瞬不安がよぎった。

もちろん実際には、そんなことはなかった。何をナイーブになっているんだ、と苦笑で誤魔化し、中に入り、しっかりと施錠した。念のため、チェーンもかけた。

時計を見ると、七時半を回ったばかりだった。輪花には八時に来るように言ってある。少し部屋の中を片づけた方がいいだろうか。

尚美はバッグを寝室のベッドに放ると、リビングに入った。

脱ぎっぱなしの衣類と、食べかけのお菓子などが目につく。一人暮らしが長いせいで、散らかすことに苦痛を覚えなくなってきている。とりあえず、目に触れない場所に移す。何年か前は、これに加えて週刊誌の山があちこちに出来ていたが、ここ数年は電子版に切り替えたおかげで、その心配はなくなっていた。

ついでに掃除機を引っ張り出してきて、手早く床を吸わせる。その間尚美の頭の中は、今日吐夢から聞かされた「あの話」でいっぱいだった。

……本当だろうか、と何度も疑った。何しろ相手は吐夢だ。信じろと言う方が無理だ。

しかし、もし彼の言うことが真実なら、大急ぎで輪花に知らせる必要がある。

ただ、職場では無理だった。この話は、彼女のプライベートに極めて深く踏み込む必要がある。さすがの尚美も、人のいる場所でこの話題を輪花に振るのは気が引けた。

それでなくても、今のオフィスは輪花が抜けたために人手が足りず、てんてこ舞いになっていた。仕事中に時間を作って輪花と会うなど、到底不可能だったのだ。

だから——今は輪花がこちらの意図に気づいて、ちゃんと一人で来てくれれば問題ないはずだ。

いや、気づけなくてもいい。ただし「一人で」が絶対条件だ。

誰かが嘘をついているのは間違いない。誰を信じていいか分からないこの状況では、余計な人間を極力増やさない方がいい。

尚美自身、今でも吐夢の話をどこまで本気にするかは決めあぐねている。輪花には、その点も含めて話すつもりだ。

――誰の話を信じるか。最終的には、輪花に決めてもらうほかない。

時計を見る。七時四十五分。スマホを見ると、輪花からメッセージが入っていた。気がつかなかったが、ちょうどこちらが退勤した直後に届いていたようだ。

返事をしようかと思ったが、もうすぐ会うのだから必要ないか、と思い直した。

……輪花と初めて会ったのは六年前。彼女がナガタウェディングに入社した時だ。

当時は尚美もギリギリ二十代だった。同じ部署に年の近い女性スタッフがいなかったこともあり、先輩というよりは友達の感覚で、彼女と付き合い始めた。

自分の性格上、誤解されやすいが、だいたい親身になって世話を焼いてきたつもりでいた。恋愛が苦手な彼女の背中を押すため、ウィルウィルへの登録も勧めた。

なのに、それがこんな事態を招いてしまうなんて……。

あれこれと思い出しながら、台所に立って、コーヒーカップを二つ用意する。何か淹《い》れた方がいいか、と冷蔵庫を覗《のぞ》き、ペットボトルのお茶を出す。どう考えてもカップにはそぐわない。カップをしまう。どうやらまだ頭が混乱しているようだ。

一度深呼吸しようと、作業の手を止めた。その途端、スマホが着信音を響かせた。

「もしもし？」

『着いたよ、開けて』

輪花の声がして、すぐに切れた。急いで室内のパネルから、エントランスのオートロックを解除する。それからスマホを手に、ドアの前に立ってチェーンを外す。

廊下の向こうで、エレベーターが到着する音が聞こえた。

スマホが、もう一度鳴った。

『着いたよ、開けて』

同じ声がして、また切れた。

「……輪花？」

尚美が呟《つぶや》く。その途端、ピンポーン、とチャイムが鳴った。

「着いたよ、開けて」

ドア越しに、輪花の声がした。

反射的にドアスコープから外を覗いた。

……真っ黒だ。

何も見えない。ただ視界の先が、黒一色に塗り潰されているだけである。

ピンポーン、とチャイムが鳴る。

「着いたよ、開けて」

輪花の声がする。
――輪花、どうしてスコープを塞《ふさ》ぐの？
――たまたま手が当たってる？
分からない。このまま開けていいのか、と迷いが走る。
ピンポーン、としつこくチャイムが鳴る。
「着いたよ、開けて」
輪花が繰り返している。
ふと脳裏に、嫌な光景が走った。
……このドアを開けたら、輪花ではない別の誰かが立っているのではないか。
……そいつは金髪で黒いコートを着た、表情のない男かもしれない。あるいは――。
「着いたよ、開けて」
輪花が繰り返す。ドアスコープの向こうは、真っ黒なままだ。
――お願い輪花！　ちゃんと顔を見せて！
尚美は緊張で震えながら、ただそれを願った。
そのまま、三分ほど経っただろうか。
気がつくと、チャイムの音はやんでいた。
輪花の声もしない。恐る恐るスコープを覗く。

……真っ黒ではない。普通にドアの外の景色が見える。

ただし、すでに誰の姿もないが。

「輪花……だったの？」

震える声で呟きながら、尚美はそっと、ドアを押し開けた。

ふと、ドアの下部が何かに当たった。見下ろすと、ちょうどドアの端に当たる場所に、スマホが一台落ちている。

輪花のものではない。何だろうと思い、拾おうと屈《かが》んでみた。

ディスプレイ上に、再生を示す横三角形が描かれたボタンがある。ふと、伸ばした指が触れた。

音声が、流れ始めた。

『着いたよ、開けて。……着いたよ、開けて。……着いたよ、開けて』

「え、何これ……」

合成された音声だ――と気づいた時には、すでに遅かった。

不意にドアの向こうから、手袋をはめた大きな手が、ぬっ、と飛び出してきた。

反射的に身を引きかけた尚美は、その手に顔面をつかまれ、叫び声も上げぬうちに、部屋の中に押し込まれた。

相手は立ち去ったのではなかった。ドアスコープの死角に隠れていただけだった。

顔をつかむ手を振り解《ほど》こうと暴れる。途端に、鳩尾《みぞおち》に鋭い拳《こぶし》を突き込まれる。やめて、と叫ぼうとした。声が出ない。崩れ落ち、それでも這《は》うようにリビングへ逃げる。後から靴音が迫ってくる。

何か固いものが首に巻きつくのを感じた。ロープか、ベルトか。いずれにしても、もはや尚美には、抗《あらが》う力は残されていなかった。

×

近場のファーストフード店で夕食を済ませ、輪花は八時を待って、尚美のマンションの前に移動した。

一階のエントランスはオートロックになっている。来客用の操作パネルから尚美の部屋番号を指定し、インターホンを鳴らす。

……応答がない。

まだ帰宅していないのかと思い、電話をかけてみる。しかし、こちらも出る様子がない。

「尚美、どうしたの……?」

不安に思って呟いていたら、ちょうどオートロックのドアが内側から開いて、ここの住民と思《おぼ》しき男性が出てきた。訝《いぶか》しげにチラリと見られたが、輪花は気にせず、開いたドアを通って中に入った。

エレベーターに乗る。尚美の部屋は四階にある。

上昇する間、もう一度電話を鳴らす。

尚美は、出ない。

四階に着いた。輪花は居ても立ってもいられず、すぐさまエレベーターを飛び出し、尚美の部屋まで走った。

ドアの前に立ってインターホンを鳴らす。応答がない。ドアを叩《たた》く。

「尚美？　尚美！」

叫ぶ。誰も出ない。

ドアノブをつかみ、捻《ひね》る。鍵《かぎ》がかかっている。

胸騒ぎはするものの、これではどうすることもできない。輪花は諦《あきら》めて、一度引き上げることにした。

後ろ髪を引かれる想いでエレベーターに乗り、一階に着く。

オートロックのドアを抜け、マンションの外に出た。

その時だ。

不意にすぐ近くの地面で、ぐしゃり、と何かが鳴った。

まるで、重いものが落ちてきて潰《つぶ》れたような、嫌な音だ。

何だろう、と輪花は目を向けた。

……人が、潰れていた。

服装から、女だ、と分かった。

割れた頭から、血と脳が零《こぼ》れ出している。

手足が、おかしな角度に曲がっている。

顔に大きく、バツ印が刻まれている。

何かの冗談だ、としか思えず、輪花は潰れた女と、頭上にあるベランダとを、交互に眺めた。

——この人は何？　なぜ潰れているの？　落ちた？　上から？　じゃあこれは死体？　私の目の前で、人が死んでいる？

その事実を認識し、輪花の口から悲鳴が溢《あふ》れかけた。

そして、すぐに止まった。

吐き出そうとしていた息を呑《の》み込み、潰れた女の顔をまじまじと見る。

……見覚えがある。

割れて歪《ゆが》んだ輪郭。深々と裂かれた皮膚。一見して誰と判別がつかなくなった女の顔に、激しい既視感を覚える。

その既視感を、理性を装った本能が全力で否定しようとする。

――この人は。いや、そんなの嘘だ。嘘に決まっている。

そう信じ、目の前で潰れている血まみれの顔を、何度も確かめる。

唇が震える。正解が、口から出ようとしている。言っては駄目だ。言ったら、それを受け入れなければならなくなる。

しかし、すぐに限界が来た。

「……尚美」

ああ、これは尚美だ。

「尚美……、尚美……。いやぁぁぁぁっ！」

ようやく喉《のど》の奥から悲鳴が迸《ほとばし》った。

息が切れても吸い込むたびに、また新たな悲鳴が迸り出た。

輪花が意識を失い倒れるまで、悲鳴は迸り続けた。

7

付近の住民の通報を受け、駆けつけた救急隊が唯島輪花を保護したのは、それからすぐのことだった。

幸い彼女は気を失っているだけで、怪我などはなく、明け方になって目を覚ましたところで、警察に引き渡された。

事件はまず、所轄の警察官が捜査に当たったが、被害者の顔にバツ印が刻まれていたことに加え、被害者と保護された女性がどちらもナガタウェディングの関係者だと判明したことから、すぐに「アプリ婚連続殺人事件」の捜査本部にも話が行き、西山茜が出向くこととなった。

輪花は所轄署の会議室に座らされていた。西山が着いた時は放心状態のままで、何度か話しかけると、ようやく「吐夢がやったんです」と、ぽつりと呟《つぶや》き返した。

永山吐夢が殺した、と言いたいのだろう。実際、死亡した伊藤尚美の部屋の玄関には、争った痕跡《こんせき》が見られた。死因も一見転落死に見えるが、首を絞められた痕《あと》があり、何者かに殺害された上でベランダから落とされた可能性が高い。

だが、いったいなぜ犯人は、尚美をベランダから落としたのか――。

その答えは、輪花の証言を聞いているうちに見えてきた。

尚美が落ちてきたタイミングは、ちょうど輪花がマンションのエントランスを出た時だったという。

つまり――わざわざ輪花に見せるために、落としたのだ。

異常なまでの悪意、としか考えられない。

「吐夢を捕まえてください」

泣き腫《は》らした目で、輪花は何度もそう訴えてきた。

「永山吐夢が殺害したと断定するには、確実な証拠が必要なんですよ。今はまだ……」

「だったら早く証拠見つけて捕まえて！」

「落ち着いてください」

ともすれば興奮する輪花を宥《なだ》めながら、西山は心の中で唇を嚙《か》み締めた。

永山吐夢——。彼は間違いなく怪しい。連続殺人の一件目の被害者に関わっていることに加えて、四、五件目と繫《つな》がりのある唯島輪花に付きまとっている。また輪花曰《いわ》く、彼女のスマホにスパイアプリを仕込んでいた、ともいう。

スパイアプリと言えば、かつて吐夢が起こした過失致傷事件が思い出される。もし実際に彼の仕業だという証拠があれば、不正アクセス禁止法違反で逮捕して、勾留《こうりゅう》中にすべて吐かせるという手段もなくはないが——。

……いや、無理だ。やはり現状では、彼を追い詰めるだけの材料が足りない。

むしろ捜査本部は、和田拓馬の行方を追うのに血眼になっている。何しろ被疑者逃亡という最悪の事態だ。今はまだ、この件はマスコミに伏せられているが、いずれ発覚すれば、警察が袋叩きに遭うことは目に見えていた。

とにかくこのような状況では、自分が吐夢に構っていられるはずがない。すでに上からも、「これ以上永山吐夢を探りたければ、捜査本部から外れてもらう」と、嫌らしいお言葉をちょうだいしている。

だから——むしろ輪花が何かを知っているなら、ぜひとも聞き出したい。吐夢を疑うに足る、確固たる理由が欲しい。

「写真が……」

輪花がふと、口を開いた。西山は急《せ》かさず、じっくりと続きを待つ。

「写真が送られてきたんです。吐夢から、私のスマホに」

「どんな写真ですか？」

「私の家族の写真です。昔盗撮されたやつで、顔がバツ印で消されてて……」

「…………」

バツ印、というところに反応すべきだが、もう一つ気になるのは、「盗撮」という部分だ。

それは吐夢が撮ったものなのか。だが、輪花は「昔」と言った。吐夢が輪花をストーキングするようになったのは、ここ何週間かのことだし、そもそも「昔」とは何年前のことなのか。それとも昔撮った写真を吐夢が何かしらの手口で手に入れたのか。

「ああ、あと——」

輪花がさらに言葉を続けた。

「封筒でも、届きました。父が若い頃の写真……。あと、あの女から電話が……」

「……唯島さん？」

発言が支離滅裂になりつつある。西山が輪花の肩をつかんで呼びかけると、彼女はハッとした表情でこちらを見つめ返してきた。

「……分からない。何が何だか……。これ、どういうことですか？」

震える声で尋ねられる。西山は無理やり笑顔を作り、輪花を宥めた。

——彼女はまだ、警察が知らない情報を持っている。

何としても聞き出さなければならない。ただ、今は彼女を落ち着かせるのが最優先だ。

焦《じ》れる想いとは裏腹に、西山は深く息をついた。

だが——その目論見《もくろみ》は叶《かな》わなかった。

直後、西山のスマホが鳴った。堀井からだ。

急いで出ると、とんでもない報《しら》せが入ってきた。

早朝、奥多摩《おくたま》に広がる森の中で、「彼」は見つかった。

水のない河川の上に架かる、大きな橋。その欄干に結んだロープを首に食い込ませ、宙に下がる形で事切れていた。

輪花を伴い現場に急行した西山は、現着直後、制止を振り切って車から飛び出した輪花の悲痛な叫びを聞いた。

「お父さん！　お父さん！　お父さん……！」

捜査員達の手で引き上げられた遺体を前に、何度も何度も呼びかける。だが、朝露に濡《ぬ》れた父親の体はすでに冷たく固まり、絶対に息を吹き返さないであろうことは、誰の目にも明らかだった。

友人を失ってまだ一日も経たないというのに、神はどれほどの残酷な試練を、この娘に与えたまうのか。

輪花は橋の上で悲鳴を上げ、泣き崩れた。声が嗄《か》れても泣き続けていた。

――唯島芳樹。五十七歳。死亡推定時刻は、昨日の夕方から夜半にかけて。

死因は、窒息死。首を吊《つ》ったことによる自殺だった。

第五章　断　罪

1

父の葬儀は寂しいものだった。

職場から上司と同僚が数名、あとは町内会の役員が訪ねてきた程度で、遠縁の親戚《しんせき》は一人も来なかった。やはり、過去の事件が尾を引いているのかもしれない。

遺骨は、ずっと家に保管しておくことにした。これが手元を離れたら、正真正銘、自分は天涯孤独になってしまう——。そんな気がしたからだ。

仏壇を用意する費用がなかったので、リビングの隅に簡単な祭壇を設け、そこに安置した。

数日後、影山が家に弔問に訪れた。遅くなった非礼を詫《わ》びる彼に、輪花はホッとした笑顔で、首を横に振った。

こうして来てくれただけで嬉《うれ》しかった。彼を中に通し、線香をあげ終えるのを待って、それから父の事件のことを切り出した。

警察は、ほぼ自殺だろう、と言っていた。ただし遺書はなく、断定はできない……とも。

やはり、「唯島輪花」という渦中の人物の父親であることが、殺人の疑いを拭《ぬぐ》い切れない理由かもしれない。

いずれにしても、父はもう帰ってこないのだ。

最後に父にかけた言葉を思い出す。

――お父さんの顔なんて、見たくない。

なぜ自分は、あんなことを言ってしまったのだろう。なぜ父がいなくなった時、すぐに連絡を取らなかったのだろう。悔やみ尽くせない想いが、ただ胸に渦巻く。

「私の大切な人が……全員亡くなっちゃいました」

「僕がいるよ」

影山の腕が、輪花を優しく抱き締めた。輪花は静かに目を閉じ、彼に身を委《ゆだ》ねた。

それから――どれほど時間が経っただろうか。

「大事な話があるんだ」

ふと影山が輪花の体を放し、囁《ささや》いた。

「君のお父さんや、他の事件にも関係していることだ」

「え？　それって……」

「吐夢だよ。あいつのことを調べたんだ。そうしたら……例の、君のお父さんの不倫相手と繋《つな》がっているかもしれないと分かった」

「吐夢が、あの人と？　詳しく教えてください」

「ああ。……場所を変えよう。一緒に来てくれ」

影山は今日も車で来ていた。輪花は頷《うなず》き、彼と一緒に表に出た。

門の外に、いつか見たライトレッドの車が停めてある。輪花が助手席に座ってシートベルトを締めるのと、影山がアクセルを踏むのと、同時だった。

心なしか、彼が急いでいる気がした。

空は白く濁り、今にも降り出しそうな天気だ。とんだドライブ日和である。

——そう言えば、こないだはこの車に乗り損ねたんだっけ。

ふと、先日のことを思い出した。尚美の電話に不安を覚え、影山の申し出を断って、一人で式場に向かった時のことだ。

思えば……どうして尚美はあの時、輪花に一人で来るようにと強調したのだろう。

初めはてっきり、吐夢に脅迫されているのだと思った。だが、それはこちらの勘違いだった。尚美はいつもどおり普通に職場にいて、おそらく意図的に輪花を一人だけ誘い出したのだ。

――でも、いったいなぜ？

考えながら、車の行く先を眺める。住宅地を抜けて大通りに出た車は、彼方《かなた》に見える高速道路に向けて進みつつある。

「影山さん、どこに向かってるんですか？」

「すごい場所さ」

輪花の問いかけに、影山は正面を見据えたまま答えた。

「吐夢のことを調べているうちに辿《たど》り着いた。君のお父さんにも関係している場所だよ」

「父にも？……そうだ、あの刑事さんにも教えないと――」

「いや、警察は当てにならない。僕達だけで行こう。……心配しないで。そこに行けば、すべての謎が解けるから」

影山は自信ありげだった。輪花は少し迷ったものの、彼を信じることにした。

2

和田拓馬の行方は、杳《よう》として知れないままだった。

いったいいつまで、この不毛な捜査は続くのだろう――。西山茜はそんなことを思いながら、路肩に停めた車の助手席に一人座って、目を閉じていた。

堀井はいない。煙草を吸ってくると言って、すぐそばの駅前に据えられた喫煙スペースに駆けていったばかりだ。

今日も朝から聞き込みを繰り返し、和田の早退後の足取りを追い続けた。もうすぐ午後三時。今はしばしの休憩である。

これまでに分かったことをまとめると、こうだ。

和田が姿を消したのは、西山が輪花と葬儀で会った、その翌日である。夕方より少し前、理由も告げずに会社を早退した和田は、そこからナガタウェディングの式場へ向かい、近くの喫茶店に入った。そして二十分ほどで退店。時刻は唯島輪花の退社と一致しており、その後近隣の防犯カメラに、和田が輪花の跡をつける姿が記録されていた——。

……彼が輪花を尾行していた理由は、はっきりしない。どうせろくなことではないと思うが、いずれにしても和田犯人説を後押しする状況証拠にはなるだろう。

ともあれ、ここで和田の足取りは途絶える。もちろん輪花の自宅周辺の防犯カメラも、他の捜査員がチェックしているが、あの辺りはカメラの数が少ないらしく、苦戦しているようだ。

肝心の輪花からの聞き取りも、彼女があんな状態では、ままならない。いや、父親の葬儀も済んだはずだし、そろそろ落ち着いている頃か。後で訪ねてみようか……。

一人で思考を巡らせているうちに、いつしか自分が居眠りをしていたことに気づいた。はっと目を開け、窓の外を見る。喫煙スペースで、堀井が疲れた顔で煙草をふかしている姿が見える。まだそれほど時間は経っていないようだ。

西山はポケットからスマホを取り出した。これで時間潰《つぶ》しを——と言っても、せいぜい事件の報道具合を確かめるぐらいしか思いつかないが。

ホーム画面に並ぶアイコンを、漫然と眺める。ウィルウィルのアプリに、新着通知が一件入っているのが分かった。

堀井が戻ってくる様子は、まだない。西山はウィルウィルを起《た》ち上げてみた。

そして、思わず目を疑った。

『トム　さんがあなたに　いいね　を送りました』

通知の欄に、あり得ないメッセージが表示されている。急いで確かめると、「いいね」を送ってきた登録者リストの最後尾に、あの男の顔写真がしっかりと表示されている。

「何で……？」

当然の台詞《せりふ》が口をついて出た。震える指で、トムの顔に触れる。

もちろん悪ふざけと見なして、このまま削除することもできる。だが、逆にこちらから「いいね」を送り返せば――。

　西山はもう一度、窓の外を見た。堀井はまだ戻らない。

　震える指で、吐夢に「いいね」を送った。

　――マッチングが成立しました！

　悪い夢とも見紛《みまが》えるような祝福の定型文が表示される。それからメッセージが送られてくるのに、一分とかからなかった。

『こんにちは、刑事さん。マッチングありがとうございます』

「吐夢……！」

　あの男からだ。やはり思ったとおりである。この方法なら、上層部から咎《とが》められることなく、捜査の合間にこっそり永山吐夢とコンタクトが取れる。

　だが、どう返信するか……。悩んでいる隙に、すぐさま新たなメッセージが、吐夢から送られてきた。

『刑事さんが登録者だったとは知りませんでした。愛、足りてないですか？』

「……大きなお世話よ」

　思わず悪態が口をついて出る。それからふと思い、試しに今の悪態をそのまま送り返してみると、すぐにグッドマークが返ってきた。

　やはり、悪ふざけなのだろうか。

『ちなみに貴方《あなた》は僕にいいねを送りましたが、それは僕に気があるということですか?』

『ないに決まってる。そういう自分はどうなの?』

『女性に対して愛のないいいねを送ったのは、これが初めてです』

『じゃあ同じね』

『ところで貴方の自撮り、少し加工が目立ちますね。もっとありのままを写した方が、真剣な交際を求める男性からの好感度は上がりますよ』

『うるさい』

いったい何をやっているのだろう、と我ながら呆《あき》れる。西山は軽く深呼吸し、改めてこちらから、メッセージを送信した。

『事件に関することを質問させて。あなたもそのつもりで私にコンタクトを取ったんでしょ?』

『それはどうでしょう。これは実験のつもりでした』

『実験?』

『マッチングアプリの利用者は、必ずしも真剣な愛を求めているわけではないのではないか、という仮説の証明です』

『私は真剣よ』

『僕にいいねを送ったのに？』

『お見合いパーティーの会場で豪華なワインが出たら、とりあえずいただくでしょ？』

『なるほど、僕はそのワインですか。そういう柔軟な切り返し、僕は好きですよ』

そして——数秒後、吐夢から新たなメッセージが送られてきた。

文章ではない。都内の、見覚えのない住所が記されている。

『これは？』

『貴方に託します。今日これから、出来るだけ急いで、ここに向かって下さい』

『何があるの？』

『行けば分かります。ああ、一つ付け加えるなら』

——とても危険な場所です。

吐夢からのメッセージは、そこで途切れた。

あとはこちらから何を送っても、返事が来る様子はなかった。

諦《あきら》めてスマホをしまう。そこへ堀井が戻ってくる。

「一度本部に戻りますか？」

シートベルトを締めながら、堀井が聞いてきた。西山は無言で頷《うなず》く。

車が出る。すぐに信号で引っかかる。軽く身を揺らしながら、先程の吐夢とのやり取りを、頭の中で繰り返す。

あの男は何かを知っている。おそらく、とても重要なことを。

そして住所が送られてきた。すぐに向かうよう言われた。ただし危険らしい。

何かの罠《わな》か。

本部の応援を得られるだろうか。……いや、無理だろう。おそらく吐夢の名前を出せば、そこでストップがかかる。一度捜査対象から除外された者は、優先順位がガクンと下がる。何かを仕出かさない限りは。

問題は吐夢の意図だ。彼が明確な答えを示さない以上、警察組織がそこに時間と人員を割くことはない。

つまり——どうあっても、自分が単独行動を取るしかない。

西山は腹を決めた。もっとも、完全に一人というわけではない。

「堀井、今から言う住所に向かって」

西山の言葉に、ハンドルを握る堀井が目をしばたたかせた。

彼にスマホの画面を見られないよう気をつけながら、西山はもう一度、ウィルウィルを起動した。

3

鬱蒼《うっそう》とした、手入れの忘れ去られた並木道を抜けて、車が辿《たど》り着いたのは、荒れ果てた公営団地の建ち並ぶ一角だった。

すでに夕方である。寒気を含み始めた風が木立を鳴らし、ひび割れたアスファルトを覆う落ち葉を掻《か》き乱している。

影山は車を降りると、輪花を促して歩き始めた。

ガランとした自転車置き場を横目に進むと、すぐ行く手に、灰色の巨大な壁が立ちはだかった。落ち葉の溜《た》まった地面に、消火器が無造作に転がっているのが見える。

「ここ、廃墟《はいきょ》……ですよね？」

「ああ。行こう」

影山は躊躇《ちゅうちょ》することなく、ロープで仕切られたエントランスに入っていく。輪花が後を追う。途中で郵便受けの並びを一瞥《いちべつ》したが、住民の名札はすべて剝《は》がされていた。

崩れかけた階段を上り、四階の廊下に着いた。すぐ手前にある部屋が、どうやら目的の場所らしい。

鍵《かぎ》はかかっていなかった。影山がドアを開け、輪花を手招きした。

「……ここに何かあるんですか？」

恐る恐る踏み込む。中は薄暗い。暗闇の中、外からわずかな陽光だけがこぼれている。

影山が土足で上がっていくので、輪花もそれに倣う。埃《ほこり》の臭いが鼻をつく。よく見れば、古い家具や日用品が打ち捨てられたままになっている。

「昔――」

唐突に影山が、語り出した。

「昔、とある少年が母親と二人、ここで暮らしていたんです。未婚で産まれた子供でした」

「それが……吐夢？」

輪花が尋ねる。影山はそれには答えず、台所を通って奥の部屋へ向かった。

片隅に、四角い塊が据えられている。古いパソコンのディスプレイだ。ごてごてとした本体とキーボードが繋《つな》がり、揃って埃を積もらせている。

影山は指を伸ばし、そっとディスプレイの角を撫《な》でた。

「少年の母親は、愛情が深すぎたんです。でも深すぎるがゆえに、自ら溺《おぼ》れてしまう……。少年の母親は、このパソコンでチャットばかりしていました」

出会い系チャットルーム――。かつて流行《はや》っていたという、あれだ。

「来る日も来る日もチャットに明け暮れて、少年のことなど見向きもしないぐらい、のめり込んだ。そして――そこで出会った男と恋をした」

「それが、父……ですか」

「そう。しかし残念ながら君のお父さんは、この恋をいとも簡単に裏切った。哀れな母親は苦しみ悶《もだ》え、自分の手首を何度も切ったのです。……この場所で」

影山が、輪花のすぐそばを指さした。

テーブルがある。壊れ、崩れた植木鉢の破片が、いくつも転がっている。

輪花がハッとして見ると、テーブルの上にいくつもの赤い染みが、点々と散っているのが分かった。

「包丁を何度も左手に当て、何度も引き、何度も叫んだのです。君の、お父さんの名を」

――芳樹さん！　芳樹さん！

――愛してるの！　愛してるの！　うわぁぁぁぁっ！

絶叫の如く泣き叫び、血を滴らせる。

おぞましい母親の狂気を、少年は止めることなどできるはずもなく、部屋の片隅で頭を抱えて呻《うめ》いていたという。

歯を限界まで食い縛り、唇を血まみれにして。

やめてよ、お母さんやめてよ、と泣きじゃくりながら。

「――人を愛するということは、こんなにも苦しいことなんです」

影山はそう言って、寝室へと向かう。彼の語りは、あまりに真に迫っていて、耳を塞《ふさ》ぐことなど許されない気がする。

輪花は無言で後に続く。

「愛する男に裏切られて、母親は壊れていく。その母親を愛する少年もまた、当然のように、心を蝕《むしば》まれていきました。やがて――決定的なことが起きた」

「……決定的なこと？」

「母親が、君のお父さんを刺したのです」

その事件なら、父から聞いて知っている。

輪花が頷くと、影山はすっとこちらに背を向け、寝室の外に戻った。

そのまま襖《ふすま》のところで立ち止まる。そばの壁に、小さなホワイトボードが掛かっている。くしゃくしゃになったメモ用紙が何枚も貼られているが、すでに字は滲《にじ》んで読めない。

影山は指で、そっとホワイトボードをなぞった。

パソコンの時と同じ動きだ。まるで、ここに住んでいた親子を憐《あわ》れみ、慰めているようにも見える。

「あの日、少年が帰宅すると、ちょうど目の前に君のお父さんが倒れていました。背中には包丁が刺さっていて、その向こうには、返り血を浴びた母親が立っていた……。母親は、笑顔で言いました。……『おめでとう。あなたに兄弟ができるのよ』と。そして──母親は、逮捕されました」

すぅっと、影山が振り向く。

いつもの穏やかな笑顔は消え、瞳《ひとみ》に涙が浮かんでいるのが分かる。

「影山さん……？」

「──少年は母親から引き離され、施設に送られました。母を苦しめた君のお父さんを、殺してやりたい、殺してやりたい、と憎みながら」

「…………」

様子がおかしい。輪花は口を噤《つぐ》み、そっと後退《あとずさ》った。

背中がすぐ壁に当たる。この狭い寝室の中、これより下がる場所はない。

「少年は、君達家族を捜し続けました。でも、なかなか手がかりが見つからないまま、何年もの歳月が過ぎていった……。ところがある日、ついに！」

カッと、影山の目が見開かれる。スマホが取り出される。

画面に、見覚えのある写真が表示されている。ウィルウィルに登録した、輪花の写真だ。

かつて、片想いだった先生の結婚式の後、酔って帰宅した時に部屋で自撮りしたものだ。

スーツを着てメイクを崩した、みすぼらしい自分が写っている。その背後に。

その背後に。

あの、赤い服の女とクローバーの絵が……かかっている。

あの絵が、映り込んでいたのだ。

「……手がかりを、ついに見つけたのです」

影山が、にぃ、と顔を歪《ゆが》めた。

笑顔とは思えぬ異様な形相で、こちらに一歩近づく。

「彼はすぐに君のことを調べました。生い立ち。現在の環境。仕事。交友関係。そして考えを改めたのです」

「改めた……？」

「ええ。老い先短い君のお父さんではなく、君に復讐《ふくしゅう》しよう、とね」

影山がさらに一歩、こちらに近づいた。

輪花は背中を壁に押しつけ、目を背けた。鼓動が速まっているのが自分でも分かる。

「方法は簡単です。輪花さん、君の愛する大切なものを、次々と奪っていくんです」

「私の愛するもの……？」

「愛する先生。愛する仕事。愛する友人。愛する父親。すべてを。でも――まだ終わりじゃない。君にはもう一人、愛する人がいる」

影山の手が、輪花の頬に触れた。

優しく撫でられる。そのまま顎《あご》をつかまれ、彼の方を向かされる。

――ああそうだ。私には愛する人が、ここに。でも、でも、この人は。

「これで少年の復讐は完了します。君が今最も愛している人が、これから君を裏切る――」

影山の手が顎を離れる。背後を探り、テーブルの上から何かを拾い上げる。

包丁だ。かつて父の愛人・マリアが、父を刺した凶器だ。

不気味に光る刃の先端をこちらに向け、影山は涙に濡《ぬ》れた顔で、言い放った。

「やっと君をここに連れてこられた。ここに住んでいた母親は、『マリア』なんていう名前じゃない。彼女の本名は影山節子《せつこ》。……そう、僕の母親です」

――可哀想な母さん。

そう呻き、影山が泣きながら天井を仰ぐ。

輪花もまた釣られて、頭上を見上げた。そこに――。

……何枚もの写真が、貼り巡らされていた。

千切れた聖書のページと、無数のロザリオと、錆《さ》びた画鋲《がびょう》にまみれて。

輪花が幼い頃の家族の写真。公園で隠し撮りされた写真。ホテルのベッドで眠る父の写真。輪花の入学式。卒業式。入社式。ウィルウィルに登録した自撮り。

そのすべての、輪花と、芳樹と、母の顔に、くっきりと印が刻まれている。

バツ印。いや、そうじゃない、あれは。

——十字架。

——処刑を示すシンボル。

輪花は、絶叫した。

4

「知ってるか？　四葉のクローバーの花言葉」

影山に問われながら、輪花は畳の上にずるりと崩れ落ちた。

恐怖のあまり、足に力が入らない。見上げた影山のシルエットは、今や憎しみに染まり、悪魔の如き漆黒に満ちている。

窓から差し込む陽光を受け、包丁の刃だけがギラギラと輝く。影山は柄を握り締め、その刃を傍らにある襖に、ぐさり、と刺した。

ひぃ、と輪花の喉《のど》から弱々しい悲鳴が漏れた。

「幸福の他にもたくさんある」

ぐさり、とまた刺す。

ぐさり、ぐさり、と何度も刺す。

襖を刺しながら、彼の目は輪花を見下ろし続けている。

「一つは『私のものになって』。そしてもう一つは――」

襖から包丁が抜かれる。影山の憎しみに満ちた顔が、ぬぅっ、と輪花の顔の正面に突き出された。

囁《ささや》くように、彼は憎悪の言葉を吐いた。

「――『復讐』だよ」

だから、かつて彼の母親は、輪花に四葉のクローバーを渡したのだ。影山家の復讐は、すでにあの時から始まっていた。

「唯島芳樹の娘。幸せにすくすくと育ちやがって……。でも、今日で終わりだ。母さんが苦しんだこの場所で、お前も苦しめ!」

影山が咆え、包丁を振りかざす。

輪花は思わず目を閉じた。その時だ。

不意に――玄関のドアが激しく叩《たた》かれた。

輪花が顔を上げる。影山が目玉を剝《む》いて振り向く。同時にドアの向こうから、くぐもった声が聞こえた。

「すみません、警察です。こちらに人が立ち入っているという通報がありまして」

ちっ、と影山が舌打ちし、声を張り上げた。

「私、ここの管理をしている者です。私も通報を受けて来たんですが、誰もいませんよ」

「ちょっと開けてもらえませんか？」

外の警官は退《ひ》かない。今なら助けてもらえるかもしれない。

輪花が立ち上がりかける。だがその髪を、影山がむんずとつかんだ。

「ひっ……」

「声を出すなよ？」

包丁の先端が、輪花の喉元に突きつけられた。それから影山は、油断のない動きで少しずつこちらから距離を取り、玄関へと向かっていく。

開けざまに警官を刺すつもりだ。ただし、もしここで輪花が動けば、彼はすぐにでも飛び戻って、こちらに包丁を突き立てるだろう。

――動けない。

輪花は震えたまま、成り行きを見守ることしかできない。

ドアがまた叩かれる。「お待ちください」と影山が言い、利き手で凶器を構える。

ドアノブに手がかかった。影山が勢いよくドアを開き、包丁を振りかざした。

「……っ！」

新たな惨劇を確信し、輪花が息を呑《の》む。しかしその惨劇よりも早く、警官の方が動いた。

バチッ、と火花が爆《は》ぜた。影山が仰《の》け反《ぞ》り、弾みで尻餅《しりもち》をつく。

なぜ警察がスタンガンを……という疑問は覚えず、輪花はとっさに立ち上がった。

今なら動ける。全速力でドアの方へ走る。だがその足首を影山がつかむ。

「きゃっ！」

悲鳴を上げながら、輪花は助けを求めて、ドアにいる警官の方を見た。

……視界に、違和感のあるものが映った。

日の光を浴びて輝く金髪。どす黒いトレンチコート。裾《すそ》から延びる、長靴。

――違う。この人は、警官じゃない。

「お前は！　どうしてここに！」

影山が咆《ほ》え、立ち上がった。片腕で輪花の首を締め上げ、もう片方の手に凶器の包丁を握り締め。

だが相手は動じることなく、いつもの無表情を浮かべたまま、ぼそぼそと答えた。

「……言わなかったっけ？　今の時代、個人情報なんて簡単に手に入るんだよ」

そう言って永山吐夢は、ぺたり、と異様な笑みを張りつかせた。

5

「質問に答えろ。どうしてここが分かった」

輪花を人質に取った影山は、吐夢を威圧するように睨《にら》みながら、荒々しい声で尋ねた。

吐夢は再び無表情に戻っている。彼の右手にはスタンガンが握られているが、不意打ちができない現状で、包丁を持った影山と渡り合えるとは思えない。

それでも吐夢は冷静さを崩さない。ただしその黒い瞳《ひとみ》は、注意深く輪花の様子を窺《うかが》っている。

「僕は輪花さんのストーカーだ。輪花さんの周りで起きることは、すべて把握している」

「……俺の正体を知っていたのか。いつから？」

「お前が輪花さんの家のそばに現れたのを見て、気になって調べ始めた。すぐに怪しいと分かったよ。お前の住所は、輪花さんの近所でも何でもなかった」

──嘘だったのか、あれは。

輪花は横目で、自分を拘束している影山を見た。

言葉巧みに言い寄るための、ただの嘘……。そういえば影山とあの公園で落ち合った時、彼はわざわざ車で来ていた。今日だってそうだ。家が近いのなら、唯島家を訪れるのに車を使う必要はない。

「嘘をついている以上、お前が何かを企《たくら》んでいるのは明らかだった。僕は輪花さんに警告した。だがお前は輪花さんの不安に付け込み、彼女のスマホを直すふりをして、自分用に新たなスパイアプリを仕込んだ」

あの時のパソコンか——と輪花は気づいた。

映画館に行く前に、ほんの数分だけ、影山にスマホを預けた。彼は自分のパソコンにスマホを繋《つな》ぎ、吐夢が仕込んだスパイアプリを消してくれた。だが実は一方で、自分が用意したアプリを入れた……。

「その時点で、輪花さんのスマホはお前に乗っ取られた——。輪花さん、思い出してください。僕の名前で不審な写真が送られてきましたね？」

「まさか、あれも影山さんが……？」

「ええ。僕がやったのではないと、あの時申し上げたとおりです。この男はその後も、ネット上に貴方《あなた》の悪評を流し、週刊誌を利用して貴方を精神的に追い詰めた。……僕は引き続き、この男のことを調べ続けました。そして、輪花さんの家族と影山家の因縁を知りました。同時に、この男の目的も――」

「……どうしてすぐにそれを教えてくれなかったの？」

「輪花さんは僕を警戒していましたからね。だから貴方の同僚に、僕の代わりに事情を伝えてくれるよう託したのです」

「……尚美のこと？」

輪花の問いかけに、吐夢が小さく頷《うなず》いた。

――そうか、あの時電話してきた尚美は、吐夢から聞いて、すべてを知っていたのだ。だから「一人で来い」と言った。

一緒にいた影山から、輪花を引き離すために……。

「しかし残念ながら、尚美さんは殺されてしまった。この男の手で」

吐夢がそう語ると同時に、影山が低く笑った。

輪花の耳元で、彼の邪悪な息遣いが聞こえる。思わず目をつぶる。涙とともに、まるで悪夢のような現実を呪う。

あの時――尚美の機転で影山から離れた後、彼女とのやり取りは、すべてスマホ上でおこなった。夜に尚美の家を訪ねる約束も含めて。

ならばあの夜、尚美の家に先回りして彼女を殺し、その死体を輪花に見せつけることができたのは、輪花のスマホを乗っ取っていた人物――ということになる。

ただし、すでに吐夢の仕込んだアプリが削除されていた以上、やはり犯人になり得たのは、影山以外にいないのだ。

「尚美さんを巻き込んでしまったのは、申し訳ないと思っています。しかし時間がなかった。あの時点で、この男は貴方を殺しにかかる可能性が高かった。少なくとも僕は、そう睨んでいました」

「へえ。どうして？」

影山が挑発的に、吐夢に問うた。

吐夢の感情のない視線が、影山に向けられる。

「影山、お前は……」

──少しだけ、僕に似ている。

吐夢はそう呟《つぶや》いた。

荒れ果てた部屋に、わずかな沈黙が訪れた。

輪花は震える目で吐夢を見た。

彼の表情が、少しだけ歪《ゆが》んでいるように思えた。

「お前の憎しみが、復讐《ふくしゅう》の方法が、僕には分かる。お前がどのタイミングで輪花さんを手にかけようとするか──。それは、輪花さんのお父さんが亡くなった時だ」

「……ああ」

影山が喉《のど》を震わせ、呻《うめ》き声を漏らした。肯定とも嘆きとも取れる呻きだった。

「お前の言うとおりだよ。あの日、唯島芳樹が死ぬことは分かっていた。だからすべてを決行する気だった」

実際、影山は輪花を、「送るよ」と言って車に乗せようとしていた。もしあの時、尚美の言葉を無視して彼の車に乗っていたら――。

きっと輪花は、この部屋に連れてこられていたのだろう。そこで父の死を知らされ、本性を曝《さら》け出した影山に殺されていたに違いない。

しかし結果的に、彼の計画は先送りされたのだ。尚美の犠牲。警察による保護。それから父が発見され、葬儀が執り行われ……。今日に至るまで、影山が輪花を連れ出す隙はなかった。

……吐夢のおかげで生き延びたのだ。自分は。

「影山、お前は輪花さんがすべてを失うまで待ち続けたんだ。それが最も効果的な復讐になるから」

「……ああそうだ。よく分かってるじゃないか」

影山が笑う。まるで悶《もだ》え苦しむかのような、荒々しい笑いだ。

その笑いがやむと同時に、彼は今度こそ、包丁の先端を輪花の頬に押し当てた。

「そこまで分かってるなら、邪魔しないでくれよ。な?」

刃が震え、輪花の頬をチクチクと突く。輪花は懸命に顔を逸《そ》らそうとするが、肝心の首回りを影山に押さえられているため、それも敵《かな》わない。

──影山は、どうやって私を殺すつもりだろう。

やはりあの写真のとおりに、顔に処刑の印を刻むのか。おぞましさに全身が震える。

しかし、もう誰にも止められない。たとえ吐夢でさえも。そう思った。

直後、その吐夢が奇妙なことを口にするまでは。

「……邪魔するも何もない。影山、お前は復讐なんてできない」

黒い瞳の中に、わずかに侮蔑《ぶべつ》の色を浮かべ、吐夢が言った。

情に訴えようとしている……わけではないのだろう。事実、影山はその狂気を抑えようともせず、吐夢を嘲笑《あざわら》った。

「できるさ。僕には、ためらう理由がない」

「そうじゃない。お前はまだ、復讐の条件を満たしてない」

「何……？」

影山が怪訝《けげん》な顔をする。復讐の条件──。それは、輪花の愛する者が、すべて失われること。

影山はわずかに思案する素振りを見せ、すぐに首を横に振った。

「あり得ない。条件は、すでに満たした」

「いいや、満たしてない。輪花さんには、まだ一人、とても大切な相手が残されている」

そして吐夢は、今までに見たこともない、影山以上の狂気を秘めた笑顔を貼りつかせ、言い放った。

「――この僕だ」

一瞬、時が止まったかに思えた。

恐怖を上回るほどの戸惑いが、輪花を襲っていた。

吐夢は本気なのか。いや、本気に違いない。彼は確かに、そういう男なのだ。

「馬鹿か」

影山が吐き捨てるように呟く。吐夢は真顔で輪花を見つめている。

――どうすればいい？

輪花は心の中で己に問いかける。

冗談と笑い飛ばすのか。おぞましいと顔を背けるのか。

――いや、どれも違う。

――今私が出すべき答えは、ただ一つしかない。

もはや賭《か》けに等しい。しかし輪花は覚悟を決め、大きな声で叫んだ。

「助けて、吐夢！」

吐夢に向かって手を差し出す。

「輪花さん」

吐夢が応《こた》えるように、こちらに手を差し伸べる。

見つめ合う。今この瞬間、輪花と吐夢は、間違いなく互いを求め合っていた。

そこで——ついに影山が切れた。

「分かったよ！　だったらお前から先に殺してやるよ！」

そう叫ぶや輪花を突き飛ばし、包丁をかざして吐夢に躍りかかった。

吐夢がとっさにスタンガンを向ける。しかし彼がスイッチを押すよりも早く、影山の振るった包丁が、スタンガンを弾《はじ》き飛ばした。

これで吐夢は丸腰だ。……だが、影山の隙を作るには、これで充分だった。

「わぁぁぁぁっ！」

輪花が叫び、影山を横から突き飛ばした。

不意を突かれて影山が転がる。同時に吐夢が輪花の腕を取り、玄関の外に引きずり出す。

視界いっぱいに、目映《まばゆ》い日の光が飛び込んでくる。しかし解放感に浸っている余裕はない。すでに体勢を立て直した影山が迫っている。

「待てっ！」

ドアが内側から押し開かれ、中から影山が腕を伸ばし、つかみかかってきた。とっさに吐夢がドアに体当たりを仕掛ける。押し戻されたドアが、影山の腕を強く挟みつける。

太い悲鳴とともに、腕が部屋に引っ込んだ。その隙を突いて二人はドアを離れ、階段を一気に駆け下りた。

いつしか、手を握り合っていた。一階のエントランスから団地の外に飛び出し、輪花はようやくそれに気づいて、吐夢の手を振り払った。

「離して！」

この男が何者なのか思い出す。確かに助けてはくれた。しかし、とても危険な相手だ。

荒々しく息を吐く輪花に、吐夢はいつになく真剣にまくし立てた。

「輪花さん、僕はストーカーだけど、あいつは人殺しだ。君が好きだった男も、同僚も、あいつが殺している。どちらが危険か、考えれば分かるはずだ」

「……あなたは信用できない」

「僕は、君が心配なだけだ」

その言葉に、輪花は無言で吐夢を睨《にら》みつけた。

確かにそうだ。彼の言葉に偽りはない。この人はいつだって、真剣に輪花を想っている。

……ただ、やり方を間違えているだけだ。本当に、それだけなのだ。

どう答えればいいのか迷った。しかし直後、団地の中から影山の雄叫《おたけ》びが響き、輪花は我に返った。

エントランスから影山が飛び出してきた。包丁を手に、こちらに突っ込んでくる。

とっさに吐夢が立ちはだかる。

包丁が突き出される。吐夢はそれを躱《かわ》し、自らの両手で影山の両腕をつかんだ。

揉《も》み合う。包丁の切っ先が、ともすれば吐夢の顔を狙う。吐夢はそれを紙一重で回避しながらも、じりじりと押されていく。

腕力では影山の方が勝っていた。吐夢が仰向《あおむ》けに倒れる。その腹の上に影山が馬乗りになって、包丁を振り上げようとする。

輪花はとっさに周囲を見渡した。エントランスのそばに、真っ赤なものが転がっているのが目に留まった。消火器だ。駆け寄って拾い上げる。

中身が入っているかどうかは、どうでもよかった。輪花が選んだ使い方は、極めて原始的なものだった。

消火器を手に、もつれ合う二人の元に走り寄ると、大きく掲げ、影山の後ろ首に向かって勢いよく振り下ろした。

ゴンッ！　と鈍い音が鳴った。

影山が「ぐぅ」と呻《うめ》いた。手から包丁が落ちる。吐夢に下から押し退けられて、彼はごろりと地面に横たわった。

大の字に寝そべり、影山は動かない。ただし、気を失ったわけではない。輪花がそばによって見下ろすと、視線が合った。

涙に濡《ぬ》れた目が、こちらを見上げている。痛みで力の抜けた彼の眼差《まなざ》しは、あまりにも弱々しかった。

もしかしたら、これが影山の本質なのかもしれない。彼を突き動かしていたのは、実は憎悪でも怒りでもない。壊れた母への純粋な憐《あわ》れみだったのではないか——。

吐夢が包丁を拾い上げ、後退《あとずさ》る。輪花は消火器を捨てると、影山の前にゆっくりとしゃがみ込んだ。

「私だって、幸せだったわけじゃない」

——幸せにすくすくと育ちやがって。

さっきの影山の台詞《せりふ》が脳裏をよぎる。だけど、彼は間違っている。

「毎日毎日……毎日毎日……苦しかった！」

心に溜《た》まったすべての澱《おり》を吐き出し、輪花は影山を殴った。

影山は何も言わず、空を見上げ、深く息をついた。
吐夢が「警察を呼んであります」と呟《つぶや》いた。
輪花は影山のもとを離れ、彼の方に向かった。

第六章　聖　母

1

影山剛の逮捕は、駆けつけた西山茜に彼が身柄を確保された瞬間から、早くも大々的に報道されることとなった。

吐夢がＳＮＳを通じて拡散させたためだ。

現代社会では、知恵と知識さえあればたった一人でも、マスコミと同等の力を持つことが出来ることを吐夢は理解していた。

「輪花さんを苦しめた、せめてもの罰です」

保護されて乗り込んだ警察車両の中で、彼は抑揚のない声で呟いた。

輪花は、特に咎《とが》めようとはしなかった。それよりも、疲労の方が勝っていた。

車の中で少し眠り、署に着いてから西山に事情を聴かれた。

影山から聞かされた真実。そして、吐夢の暗躍……。そのすべてを話し終えた後、輪花は逆に、西山に尋ね返した。

「影山さんが、連続殺人事件の犯人なんですか？」

「その線で調べを進めるつもりです」

「父を殺したのも？」

「……捜査が終わるまでは何とも」

一番肝心なところだが、言明は避けられた。

ふとガラス張りの壁の向こうに目をやると、吐夢が堀井刑事から事情を聴かれている姿が見えた。

吐夢はこの後、どうなるのだろう。何かしらの罪に問われるのだろうか。

……気がつけば、なぜか彼を心配している自分がいた。

輪花はそんな自分に呆《あき》れ、小さく溜め息をついた。

一方世間は日が変わっても、アプリ婚連続殺人事件の話題で持ち切りだった。

何より衝撃的だったのは、犯人と目されている影山剛が、有名マッチングアプリ「ウィルウィル」を作ったプログラマーだった、という事実だろう。

ウィルウィルを作った男が、ウィルウィルで集めた個人情報を利用して、殺人を繰り返していた――。マスコミはこの点を強調してセンセーショナルに報じ、多くの人々が震え上がった。

　また、影山は一連の犯行過程において、自分の上司——あの和田拓馬だ——をも手にかけていた疑いがあるという。まだその動機こそ明らかにされていないものの、この社内スキャンダル的な一面も、世間からは大いに注目された。

　もっとも、ウィルウィルがやり玉に挙げられる反動で、ナガタウェディングへの矛先が逸《そ》れていったのは、幸いだったかもしれない。

　影山が逮捕された時点で、ナガタウェディングはウィルウィルとの取り引きを解除していた。このまま無関係を押し通し、逃げ切るつもりだろう。

　実際、正解ではある。一連の事件に被害者という形で関係していたのは、あくまで唯島輪花個人だ。会社そのものに瑕疵《かし》はない。輪花も落ち着いたら、職場に復帰するつもりでいた。

　そんな折、父の遺品を整理していたら、押し入れの奥から古いアルバムが出てきた。中には二十五年前の——唯島家が平和だった頃の家族の写真が、丁寧にまとめられていた。

　思い出に浸りながらページを捲《めく》った輪花は、ふとその間に、奇妙なものが挟まっているのを見つけた。

　四葉のクローバーだ。影山節子が憎悪を込めて、輪花に手渡したものだ。

　どうやら父が押し花にしたらしい。瑞々《みずみず》しさが枯れ、生気の抜けたクローバーには、すでに呪いの欠片《かけら》も見当たらない。

なぜ、父はこんなことをしたのだろうか。自戒をこめてなのか、追い詰められた人間の心理は計り知れない。

眺めていたら、そばに置いてあったスマホが、不意に着信音を鳴らした。

メッセージが入っている。吐夢からだ。

『まだ終わっていませんよ。真相を知りたくありませんか？』

メッセージにはそう書かれてあった。輪花は少し迷ってから、彼にもう一度会ってみることにした。

返事を送ると、『今日でもよければ、こちらに来てください』という一文とともに、新宿内の住所が添えられていた。

今日の仕事の現場だという。輪花は好奇心もあって、指定された場所へ向かった。

着いた場所は、五階建ての古いアパートだった。

中を覗《のぞ》くと廊下はゴミだらけで、壁のいたるところに、ベタベタと注意書きが貼られている。どれも外国語ばかりだ。

電球の切れた階段を上り、住所にあった三階の一室の前に立つ。

薄いドアの向こうから、ゴトゴトと物音が聞こえる。と思ったら、突然内側からドアが開いて、全身を白い防護服に包んだ何者かが、ぬっと顔を出した。

きゃっ、と小さく叫んで輪花が後退《あとずさ》る。同時に、開いたドアの向こうから、喩《たと》えようのない異臭が漂ってきた。

「あん？　どちらさん？」

防護服の中から、くぐもった男の声がした。両手に巨大なゴミの塊を抱えている。

「あ、あの、こちらに吐夢……永山さんがいらっしゃると聞いて……」

「ああ、吐夢の彼女？」

それについては大いに否定したかったが——。

男は輪花に確認する様子もなく、部屋の奥を振り返り、「おーい吐夢、お客さん！」と大声で叫んだ。

すぐに「外で待たせといて」と、吐夢の声で返事があった。

ドアの隙間から覗くと、中に防護服がもう一人いて、室内に散らばったガラクタを拾っては、ゴミ袋に突っ込んでいる。

吐夢だ、と分かった。その動作から、何となく。

「中に入ってもいいけど、臭いに気をつけてな」

ゴミを抱えた防護服の男が、そう言い残して出ていく。輪花は入れ替わりに、玄関に足を踏み入れてみた。

すぐに耐えられなくなって、ハンカチで鼻と口を押さえた。

部屋の中は、惨憺《さんたん》たる有り様だった。異臭と大量のゴミに加えて、ハエが飛び交い、ボロボロの襖《ふすま》が無数の「死ね」「殺す」という文字で埋め尽くされている。

なぜかあるぶら下がり健康器に、輪っか状のタオルが、意味ありげに結わえつけられている。こびり付いた赤い染みは、血だろうか。

自分が身を置いている結婚式場という環境とは真逆の世界だった。まさに地獄という言葉が当てはまる。

さらに、外から見た時は気づかなかったが、部屋の隅にもう一人、吐夢とは別に男がいるのが分かった。防護服こそ着ていないものの、用意周到に、ゴーグルとマスクでしっかり顔を覆っている。

吐夢は輪花が入ってきたことに気づかないのか、床に膝《ひざ》をついて、黙々と作業を進めていた。

ガラクタ——後で住人の遺品だと気づいた——を拾ってはゴミ袋に突っ込み、拾っては突っ込みを繰り返し、時々ゴーグルの男に、捨てるか捨てないかを尋ねる。

男の答えは、すべて「捨てちゃって」だ。

吐夢は言われるままに、ゴミ袋を嵩張《かさば》らせていく。

そんな中、彼の手がふと止まった。

ガラクタの中から何かを拾い上げる。よく見れば、一枚の写真だ。

「あの、これどうしましょう」

「え、何この写真」

男が写真を手に取り、まじまじと眺める。

「ああ、昔家族みんなで撮ったやつだ。捨てちゃって」

そして事もなげに答え、畳の上に放り捨てた。

「しっかし、えぐいよなぁ。叔父《おじ》さんも死ぬことねえのになぁ」

結わえたタオルを眺め、男が呆れたように呟《つぶや》く。ああこの人は遺族なんだ——と輪花が理解した瞬間、吐夢が不意に立ち上がり、手にした写真を、男の胸ポケットに無理やり捻《ね》じ込んだ。

「お、おい！　いらねえって——」

「……家族は再現できないんで」

吐夢はそれだけを言い、再びうずくまって作業に戻った。

輪花は、そっと部屋を出た。

吐夢という人間は、自分が思っているタイプとはちょっと違うかもしれない……。

吐夢と二人でアパートの屋上に上がると、一面が濡《ぬ》れそぼっていた。いつの間にか雨が降ったらしい。

吐夢は防護マスクを脱ぎ、鮮やかな金髪を風に当て、静かに息をついた。

「優しいところもあるのね」

「べつに」

輪花の言葉に、吐夢は抑揚のない声で答えた。

——生まれてすぐに、駅のコインロッカーに捨てられたんです。

彼と初めて会った時に言われた台詞《せりふ》を思い出す。あの時は、こちらの気を引くための悪い冗談かと思ったが、実際、吐夢には生まれつき、家族がいないのかもしれない。

だから、強く求めすぎるのだろう。この人は。

そんな輪花の深読みに気づいているのか、いないのか。吐夢は防護服の中からスマホを取り出し、ホーム画面を輪花に突きつけた。

「見てください。待ち受け、新しくしたんです」

写真だ。純白の衣装を身にまとった新郎新婦が写っている。

……顔の部分だけが、吐夢と輪花のそれにコラージュされているが。

「うわ……」

「あ、気にしないでください」

「いや、気には……してない」

そう言いつつ、輪花は表情を強張《こわば》らせて、そっと身を引いた。結局この男は、いつもこうなのだ。

「輪花さん、僕はおそらく、世間で言うストーカーですが――」

おそらくも何も、他に喩えようがない。

「それでも、貴方《あなた》に危害を加えたりは絶対にしません。言うなれば、ピースフルなファンのようなものです」

吐夢が淡々と熱弁を振るう。輪花は無視して、彼に背を向けた。

実際のところ、こんな世迷言を聞きにきたわけではないのだ。待っていても埒《らち》が明かない。輪花は自ら本題を切り出した。

「真相って、何？」

「……知りたいですか？」

「私のことが好きなんでしょう？　だったら隠さないで」

「話したら何かあるんですか？　愛してくれるとか」

まだそんなことを言うのか。

輪花は焦《じ》れて振り返り、吐夢を睨《にら》みつけた。

「あのね、私が昔の私だと思ったら大間違いよ。何もかも失った今、あなたのことなんかもう怖くないの」

「実のところ――僕は迷っているんです」

小さく笑みを貼りつかせ、吐夢はそう言った。

「初めは真相を話すつもりでいました。しかし、貴方がすべてを知った時、どうなってしまうのか……。それを想うと、躊躇《ちゅうちょ》せずにいられません。ですから——一つ約束してください」

「……何を？」

「これから想像していなかったことが起こるかもしれない。それでも過去を恨まない、と」

「………」

どういうことだろう。輪花は訝《いぶか》しげに、吐夢の顔を見た。

相変わらず、読めない顔だ。

「過去を恨み続けると、僕みたいな人間になる。でもそれは、天使のような貴方には似合わない。輪花さん、僕は」

——貴方に天使のままでいてほしいのです。

その言葉が何を意味しているのか、輪花には分からない。ただ、覚悟だけは決めることにした。

夕日が彼方《かなた》に沈み始めている。

「影山のやつ、やっと少しずつ犯行を認め始めましたね」

缶コーヒーを手に、疲労交じりの安堵《あんど》を吐き出した堀井を、西山茜は無言で見やった。

×

署の廊下に据えられた自販機の隣でベンチに腰を下ろし、数分間だけカフェインを摂取する——。影山剛の取り調べを始めてから数日。二人はずっと、こんな形でしか休憩を取っていない。

もっとも堀井の言うとおり、進展がないわけではない。初めは黙秘を決め込んでいた影山だったが、唯島輪花をターゲットとした殺人計画や、その過程で起こした片岡夫妻と伊藤尚美の殺害については、ようやく自供が取れつつある。

また、先日発生した和田拓馬の失踪《しっそう》についても、自身の関与を認め始めた。和田を殺害後、彼の部屋に侵入して輪花の写真を貼り、逃亡の痕跡《こんせき》を偽装したことも仄《ほの》めかしている。結局捜査本部は、影山の手の上で踊らされていただけだったのだ。

ただし、まだ分からないことがいくつもあった。例えば、輪花から何度も問われたあの事件——。

「唯島芳樹の死について、どう思う？」

西山は堀井に向かってそう尋ね、返事を待つ傍ら、自分のコーヒーを一口含んだ。

糖分のない濃厚な苦みが喉《のど》の奥に染みる。一方で、それでも疲労を誤魔化せなくなっている自分の体に気づく。

「自殺で決まりでしょ」

堀井は即答した。

「目立った外傷も、細工された痕跡もなしですよ」

「遺書もなかったわ」

ついでに言えば、「すぐ帰る」という書き置きだけはある。

物証だけ見れば自殺。ただし、状況証拠は限りなく黒……。

「そもそも彼は、何をしにあの森へ行ったの？」

「死に場所を求めて……じゃないのは確かですね。だったら書き置きなんて残さない」

「帰るつもりで、何かをしに森に行ったのよ。そこで誰かに殺害されたか、あるいは――」

……自殺しなければならないほどのショックを受けたか。

果たして、森で芳樹の身に何が起きたのだろう。いや、そもそも今回の一連の事件、本当に影山剛の逮捕だけで決着がついたと言えるのだろうか。

伊藤尚美が殺害され、自分が唯島輪花を聴取していた時、彼女が妙なことを言っていたのを思い出す。

……昔盗撮されたという、唯島家の家族の写真。そして、「あの女」からの電話。影山の逮捕後、輪花はこれらについて、特に言及していない。彼女の中で何らかの「答え」が出ているからだろうか。

「あの女……って誰？」

西山はぽつりと呟《つぶや》いた。同時に、ゴトン、と缶を回収ボックスに放り込む音がした。

「先に戻ってますね」

堀井が背を向け、廊下を去っていく。いつもの幅広い背中が、今は丸まり、疲れが滲《にじ》み出ているのが分かる。

西山は正面に視線を戻した。

——あの女、か。

吐夢なら、やはりその答えを知っているだろうか。

スマホを取り出す。あの日以来、彼とメッセージのやり取りをしたことはない。しばし画面を見つめ、それから小さく首を横に振り、スマホをしまった。

コーヒーの残りを一気に飲み干すと、西山は立ち上がり、堀井の後を追った。

——もしかしたら、影山よりも先に調べるべきことが、あるかもしれない。

一方で、そんな予感を覚えながら。

2

森の中に佇《たたず》む小さな家で暮らし始めて、もうどれだけ経っただろうか。

車椅子の生活は不便だ。しかし彼女は甲斐甲斐《かいがい》しく世話をしてくれる。

「口元が汚れてますよ」

そう言って、彼女がテーブルの向かいから身を乗り出し、ナプキンでこちらの口を拭《ぬぐ》う。

目の前に並ぶ朝食は、すべて彼女の手料理だ。朝起きれば、いつもの赤いドレスを着せてくれるし、室内外に大量にあるクローバーの鉢植えも、丁寧に扱ってくれる。

「食事が終わったら、お散歩に行きましょうか。マリアさん」

早々に食べ終えた彼女が言う。もっとも、こちらに何かを決める意思はない。

いずれ車椅子を押すのは、彼女なのだから。

《マリア》は今日も静かに笑う。

×

「いったいどうやって知ったんですか？　影山節子の居場所」

「貴方《あなた》が不在の時、貴方のお父さんに、女から電話がかかってきたんです。会ってほしいって。その会話の中で、その女が自ら口にしました」

「それって……うちの電話を盗聴してたってことですよね。　あなたが」

「ええ。おかげで重要な手掛かりを得られました。誉めてくれますか？」

ハンドルを握りながら真顔で冗談を——たぶん冗談なのだろう——言う吐夢に、輪花は隣の助手席で、これ見よがしに溜《た》め息をついてみせた。

朝から合流し、彼が運転するバンで森に来た。このバンは、彼が勤めている特殊清掃会社のものだ。

森の道路は舗装されているが、頻《しき》りに細かく揺れる。おそらく木の根がアスファルトを持ち上げているからだろう。

色づくには少し早い樹々の枝が、窓ガラスを何度も擦《こす》り立てていく。やがてようやく開けた場所に出たと思ったら、父が首を吊《つ》った橋だった。

「ちょっと停めてもらえます？」

輪花の声に、バンが停まる。輪花は外には出ず、助手席から欄干に向かって手を合わせた。

吐夢は少し待ってから、無言で再び車を出した。

それからしばらくは、鬱蒼《うっそう》とした森道が続いた。スマホを出して地図を表示させたが、GPSの反応が悪いのか、現在地が判然としない。諦《あきら》めて単調な景色に目を戻すと、樹々の隙間から、きらきらと輝く水面が見えた。

「着きます」

吐夢が呟き、ハンドルを緩く回した。

再び視界が開けた。森の中にぽっかりとできた草むらの中、大きな池が広がっている。

彼方《かなた》の畔《ほとり》に、木造の小さな家が見える。バンは池を迂回《うかい》しながら、家に向かって慎重に近づいていく。

家の周囲には、いくつもの植木鉢が並んでいる。遠目にははっきりと見えないが、どれもクローバーだ、という確信が輪花の中にあった。

草の短い場所を選んで、吐夢が車を停めた。外に降り、スニーカーを履いた足で慎重に土を踏む。幸い思ったほどぬかるんでいない。輪花に続いて、吐夢が長靴で無造作に降り立った。

空は薄曇りで少し肌寒いが、鳥の囀《さえず》りがそこかしこから聞こえている。これが普通のピクニックなら、どんなによかっただろう。

輪花は家に向かって歩き始めた。

その時だ。家のドアが開いて、二つの人影が姿を現したのは。

どちらも女だが、対照的な二人だった。

一人は、黒々とした髪を後ろにまとめたエプロン姿で、白のブラウスにロングのスカートという出《い》で立ちである。顔には程よく化粧が施され、背筋もピンと伸びる。

対して――彼女が押す車椅子には、まったく正反対な人物が座っていた。

白髪交じりのボサボサの長髪。まったく化粧っ気のない、しわと染みだらけの顔。丸まった背中。虚《うつ》ろな目……。あたかも飾ることをやめた老女のようでありながら、身には不釣り合いな赤のドレスをまとっている。

家政婦と思《おぼ》しき白い女の方が、輪花達に気づいて目を向けてきた。

「珍しい。お客様みたい」

そんな呟きが聞こえる。輪花は吐夢から離れ、草と泥を踏みながら、二人に近づいた。

「……こんにちは」

「こんにちは」

会釈をすると、すぐに家政婦が会釈を返してきた。

車椅子の女は無言のままだ。そもそも目の焦点が、こちらに合っていない。

輪花は彼女の様子を注意深く見つつ、家政婦の方に尋ねた。

「こちらに、影山節子さんがいらっしゃると伺ったのですが」

「……マリアさん、お客様ですよ」

家政婦が、車椅子の女に向かって囁《ささや》きかけた。

女はやはり無言で、反応を示さない。この意識さえも崩壊した女が、影山節子なのか。かつて愛におぼれ父を刺した、あの影山節子だというのか。

こんな女に、私達親子は苦しめられてきたのか。

そう思うと虚《むな》しさが膨れ上がる。それでも輪花は女の前で身を屈《かが》め、話しかけた。

「覚えてますか？」

そう言ってコートの内ポケットから、折り畳んだ小さな和紙を取り出す。中には、あの四葉のクローバーの押し花が挟まっている。輪花はそれを、女の目の前で開いてみせた。

……反応は、ない。

輪花の目から、一筋の涙が零《こぼ》れた。

「父のしたことを謝りにきました。……過去にあなたを傷つけてしまったことを」

女の目が、わずかに動いた気がした。だが待っても、それ以上の変化はない。輪花は言葉を続ける。

「ごめんなさい。でも――でも今度はあなたの息子さんが、私の愛する人達を奪っていった。そのことは絶対に許せません」

声が震える。この憎悪を言葉にして何になるのだろう。自分は影山とは違う。息子の罪を母親に償えなどと言うつもりはない。怒りに任せて母親を刺すこともない。でも。でも。

……悔しい。何を言ったところで、今のこの女には、おそらく何も通じないのだ。

輪花は喉《のど》を震わせ、絞り出すように叫んだ。

「私だって……お父さんを愛してた！」


その時だ。

「彼女」が突然、声を上げて笑い出したのは。

輪花は呆然《ぼうぜん》と身を起こし、目の前の光景を見つめた。

いったい何がどうなっているのか、頭の中で懸命に理解しようとする。

――なぜこの人が笑っているのだろう。

——そもそもこの人は、何だ。

ただの先入観がもたらしていた錯覚が、ようやく崩れようとしている。輪花は後退《あとずさ》り、哄笑《こうしょう》する女を睨《にら》みつけた。

……車椅子の女は、相変わらず虚ろでいる。

笑い声を上げているのは、その背後。エプロン姿の白い女の方だ。

「あなたは……？」

戸惑いが徐々に確信へと変わる。こちらの車椅子の女はマリアと呼ばれていた。だったら、後ろにいる白い女は？

……いや、このタイミングで哄笑するとしたら、一人しかいない。

「あなたが、マリアね？」

輪花が問う。白い女は笑うのをやめ、まっすぐにこちらを見た。

「『マリア』という名は、この人にあげた、私の昔のハンドルネーム。でも……そうね。私もかつて《マリア》だったわ」

真の《マリア》は——影山節子はそう言って、にぃ、と嘲《あざけ》りの笑顔を見せた。

3

「あんなに小さかった子が、こんなに大きく綺麗《きれい》になって」

輪花を眺め、節子は可笑《おか》しそうに笑い続けている。

思えば彼女の声は、うっすらと記憶にある。かつて父の愛人が唯島家を訪れ、クローバーの鉢植えを置いていった時。幼稚園に侵入し、輪花に四葉のクローバーを渡した時。確かに自分が聞いた声は、これだった。

それに……父宛てにかかってきた、あの電話も。

「父をここに呼び出したんですよね」

ともすれば戦慄《わなな》きそうになる身を抑え、輪花は節子に尋ねた。この女の言葉の端々から、今なお邪悪な憎しみが滲《にじ》み出しているように思える。

節子がふと、遠い目をした。

「芳樹さん、二十五年ぶりに会ったの。彼、何も変わってなかった」

「どうして殺したの？」

「殺してなんかないわ。死にたい顔してただけ」

「そんなはずない！　お父さんが私を置いて死ぬはずがない！」

そう叫んだ輪花に、節子はただ、憐《あわ》れみの目を向けただった。

何も分かっていない……と、そう言いたげに。

「私は、誰も殺してないわ。今まで、ただ一人として——」

そう語る節子の声が、最後に一瞬弱まったように感じられた。

もしかしたら、彼女は過去に誰かを殺したことがあるのかもしれない。それをふと思い出し、口を噤《つぐ》んだ——。そんな風に思える。

しかしどうあれ、それは父のことではないようだ。

「答えて！　父はどうして死んだの？」

輪花が強く問う。

「自殺よ」

節子が、事もなげに答える。

「理由は？」

「理由？　そうね、彼は……」

節子が軽く俯《うつむ》く。輪花もつられて、視線を下に向ける。

そこには当然、車椅子の赤い女がいる。節子からもう一人の「マリア」として扱われている女が。

その女の頭を、節子がおもむろに手で撫《な》でた。

腕を伸ばしたせいで、袖《そで》の内側に隠されたいくつもの古傷が、一瞬顔を覗《のぞ》かせた。

節子は女の白髪交じりの髪に指をうずめ、スッと目を細めた。

「……彼は、この人を見て死にたくなったんじゃないのかしら」

何を言っているのだろう。輪花は訝《いぶか》しむ。

そもそも、この女は誰だ。

……そうだ。白い女が影山節子なら、こっちの赤い女は何者なのだ。

虚《うつ》ろな目。しわだらけの顔。すでに意識さえあるか怪しいこの女は、いったいどこの誰で、なぜ節子と一緒にいるのだ。

「この人は……？」

輪花が呟《つぶや》いた瞬間、風がそよいだ。

女の赤いドレスの裾《すそ》が、わずかに流れる。

ふと――彼女の足首の辺りに、何かが見えた。

木片のように思えた。気になって輪花は手を伸ばし、恐る恐る彼女の裾を引っ張った。

「私ね、もうこの人と、ずっと一緒に暮らしてるの」

節子が囁く。輪花の視界が歪《ゆが》み、頭が白く染まりかける。

……足枷《あしかせ》があった。

老女の、どす黒く変わり果てた足首を、分厚い木の枷が固く固定していた。

おそらく、もう何年も。何十年も。

「二十五年になるわね」

節子がそう告げた瞬間――。輪花はすべてを理解し、絶叫した。

声を張り上げ、女の乾いた頬に触れ、生気のない瞳《ひとみ》を見つめる。

そして呼びかける。

「お母さん！」

何度も何度も、呼びかける。

「お母さん！　お母さん！　お母さぁぁぁん！」

二十五年前。母は、父に愛想を尽かして家出したのではなかった。

影山節子に拉致《らち》され、ずっとこの森の家に監禁されていたのだ。

×

――あなたは、幸せになるのよ。

かつて、陽炎《かげろう》の漂う昼下がり。

輪花の母、唯島美知子《みちこ》は幼い娘にそう囁《ささや》くと、彼女を公園に一人残して、道路に出た。

もちろん、戻ってくるつもりでいた。しかし、その前に決着をつけなければならない相手が、すぐそこに待っている。

……影山節子。夫の元愛人にしてストーカー。

夫が急速に普及し始めたパソコンのインターネットの世界で出会ったという怪物。

こちらの引っ越し先を突き止め、幼稚園にまで乗り込んできた。これ以上、家族に付きまとわれるわけにはいかない。

路肩に車が停めてある。ドアが開いて、節子が降りてくる。

美知子は怒りを先立たせ、彼女に歩み寄った。

「話をつけましょう、美知子さん」

節子がそう言ってほくそ笑み、乗るように促した。

「すぐ近くだから、どうぞ」

言われるままに、美知子は車に乗り込もうとした。

その瞬間——後頭部に重い衝撃が走った。

思わず呻《うめ》き、シートの上に倒れ込む。それでも衝撃はやまず、何度も何度も殴りつけられる。

視界が朦朧《もうろう》としていく。ドアが閉まり、車が動き出す。

手を差し伸ばそうにも動かない。声を上げようにも出てこない。それでも消えゆく意識の中で、夫と娘に懸命に助けを求めながら、美知子は絶望の彼方《かなた》へ連れ去られていった。

×

「それから私はこの人をそばに置いて、毎日毎日、私の苦しみを教えてあげたの」

悲鳴を上げる輪花をよそに、影山節子は淡々と語り続ける。

「マリアの名を与えて、お気に入りの赤いドレスも着せてあげた。私と同化させるために、私になってもらった。……気づいたの。この人と一緒に暮らすことは、芳樹さんと暮らすことなんだって。この人を愛することは、芳樹さんを愛することなんだって」

「……僕よりも、愛に狂ってる」

吐夢が呟く。さすがの彼も戦慄《せんりつ》を禁じ得ないのか。

「だから芳樹さんはもう必要ないの」

愛《いと》おしそうに、節子は言った。輪花は母の方を抱き締め、懸命に呼びかけ続けた。

その時だ。ふと、美知子が呻いた。

うう、とくぐもった声を漏らし、それから娘の顔に目を向ける。

唇が震えた。

り、ん、か、という形に動いた。

「お母さん！」

輪花が叫ぶ。美知子の目に、仄《ほの》かに光が宿る。

「りんか……輪花……」

「お母さん！　私だよ！　お母さん、お母さん！」

「輪花……輪花っ！」

「お母さん！」

何とか母を引き戻そうと、懸命に呼びかける。その時、不意に頭上に影が差した。

顔を上げると、節子が隠し持っていた包丁を、こちらに振り下ろそうとしていた。

輪花はとっさに母を庇《かば》った。

節子が狙っているのは、自分の方かもしれない。それでも、今ようやく再会できた愛する母を傷つけられる方が、よほど恐ろしかった。

自分はどうなっても構わない。でも母だけは——。そんな想いで目を閉じた。

ドッ、と刃が何かに突き立つ音がした。

しかし、痛みはない。

恐る恐る目を見開く。何か黒いものが、自分の上に覆い被《かぶ》さっているのが分かった。

……吐夢だった。

吐夢が輪花を庇い、凶器の刃をその背に突き立てられていた。

一瞬、吐夢が輪花を見た。

あなたのためなら死ねる。目がそう語っていたような気もしてしまう。自己犠牲という最大の愛の表現を吐夢はしたのだ。

輪花が悲鳴を上げる。美知子が輪花の名を呼び続ける。吐夢が崩れ落ち、節子はその手を血に染めながら、空を見上げて恍惚《こうこつ》の笑みを浮かべた。

鉢植えに囲まれて飾られたマリア像が、静かにすべてを見守っていた。

バンの隣に新たな車が停まり、刑事達が飛び出してくるのが分かった。

4

輪花が吐夢の入院している病室を訪ねたのは、影山節子が逮捕されてから数日が経った、秋晴れの午後のことだった。

刺された傷は深かったものの、幸い急所は外れており、一命は取り留めた。今は意識もしっかりしており、あと数日で退院できるという。

それならば、せめて入院している間に、見舞いに行っておきたい。輪花はそう思った。

もし彼が退院すれば、次はいつ会えるか分からない。いや、会ってと頼めば会ってくれるだろうが、それも癪《しゃく》だ。むしろ、どうせまた向こうのペースに吞《の》み込まれて、わけの分からないやり取りをする羽目になるに決まっている。

だから、吐夢が自由の利かない今のうちに、顔を見せて冷やかしてやりたい。それが輪花の本音だった。

意地悪なのか。それとも、親近感の裏返しか。

自分でもよく分からなかった。

ただ――きちんと礼は言いたかった。

だから当日、事前に見舞いの品まで買って、輪花は病室のドアをノックした。

すぐに、いつもの抑揚のない声で「どうぞ」と返事があった。

中を覗《のぞ》くと、見覚えのある金髪の青年が、まったく見覚えのない恰好《かっこう》でベッドの上に身を起こし、スマホをいじっていた。

病衣姿だ。意外と様になって見える。

「ああ、あなたでしたか」

吐夢がこちらを見て、スマホを置いた。

「口が悪くなりましたね」

にっ、と吐夢が微笑んだ。

今までにない、貼りつかない自然な笑顔を前に、輪花は軽い戸惑いを覚える。だが、決して不快な戸惑いではない。

輪花は大きなショッパーバッグを提げ、病室に入った。

程よく暖房の利いた個室は日当たりもよく、心なしか吐夢の表情も穏やかに見える。

そばにあった椅子を引いてきて荷物を置くと、輪花は改めて、吐夢に向かって深々と頭を下げた。

「先日は助けてくれて、ありがとうございました」

「愛する人を守るのは義務です」

特に照れるでもなく、吐夢は言い切る。そう、思えば彼はいつだって、輪花を守り続けてきた。守ることこそが、不器用な彼なりの、愛の示し方なのかもしれない。

「ところで、マッチングアプリ、新しいところに登録してみたんです」

唐突にそんなことを言って、吐夢がスマホを掲げてみせた。ウィルウィルとは違う、あまり聞いたことのないアプリが表示されている。

「何で？」

「輪花さん、望みなさそうだし」

「ふーん、諦《あきら》めるんだ」

そんな気などないくせに、と思いながら吐夢を睨《にら》む。最近ようやく、彼の発言パターンが読めてきた。

吐夢が輪花を見返す。目が合う。数秒間見つめ合う。

先に根負けしたのは吐夢の方だった。

「……僕の光は、輪花さんの中にしかありませんから」

それが彼なりのギブアップだと解釈し、輪花は呆《あき》れた顔を装ってみせた。

「ストーカーなんて無理」

「ではストーカーはやめます」

「え、ずいぶんあっさり」

「思い切りがいいんです。これで無理じゃなくなったでしょ？」

吐夢が笑う。まったく悪意のない優しいその表情に、輪花は安堵《あんど》した。

――これなら大丈夫だ。

――私はこの人と、きっと上手《うま》くやっていける。

それから思い出し、椅子に載せておいたバッグを、吐夢に押しつけた。

「はいこれ」

花が選んできた。

吐夢が袋を探り、プレゼント用に梱包《こんぽう》された、大きな紙箱を取り出した。蓋《ふた》が開かれる。出てきたのは、男物のグリーンのスニーカーだ。ここへ来る前に輪花が選んできた。

吐夢がキョトンとした顔で、突然のプレゼントを見つめる。

「いつも気持ち悪い長靴履いてるから」

輪花はそう言いながら、さらに袋を指した。吐夢が、さらに中身を引っ張り出す。大きめの、男物のコートが出てくる。ただし、色は明るいピンクだ。

「いつも気持ち悪い同じコート着てるから。……それ着て、また水族館行きましょうよ。クリオネの捕食、私も見てみたいし」

吐夢が嬉《うれ》しそうに微笑む。輪花も自然と笑みが零《こぼ》れる。

──幸せが、始まった。

時間はかかったけど、やっと。

輪花はそう確信しながら、今のこの時間を大切にしようと、心の中で誓った。

やがて吐夢は退院した。ついでにウィルウィルも退会したらしい。彼との普段のやり取りは、直接LINEで交わすようになった。

一方輪花は職場に復帰し、再びウェディングプランナーとしての日々を送り始めた。尚美がいなくなったことで、仕事は以前よりも遙《はる》かに忙しくなった。輪花は、自分がずっと彼女に支えられていたことを実感しながら、それでも以前にも増して、この慌ただしい仕事が好きになり始めていた。

人を幸せにするには、まず自分が幸せであること。たぶん今の私は幸せなのだ、と輪花は思う。

今、自分は母と二人で暮らしている。もちろん介護が必要なので、普段はデイサービスに依頼し、休みの日は自分が面倒を見ている。

母はあの日以来、また声を失ってしまった。しかし、感情は徐々に取り戻しつつあるのだろう。表情も以前より優しくなり、輪花の声にも、少しずつ反応を示してくれるようになってきた。

最近輪花はよく母に、今までの話を少しずつ語って聞かせている。もちろん恋愛歴にも触れている。まだ小学生時代の件《くだり》までだが、この手の話題が、前よりも楽しく話せるようになってきた気がする。

そのうち、片岡先生のことも話す時が来るだろう。

そして最後にこのコイバナは、永山吐夢の話で締め括《くく》られるのだ。

彼のことを母に打ち明けるのが、輪花は今からとても楽しみだ。

5

永山吐夢は退院した後、もう一日仕事を休むことにした。どうしても訪ねたい場所があったからだ。

輪花から貰《もら》った靴とコートはひとまず家に置き、いつものスタイルで向かう。アパートから電車を乗り継いで移動すること数十分。東武伊勢崎《とうぶいせさき》線小菅《こすげ》駅で降り、区界をまたいで歩いていくと、目的の施設があった。

日本最大の犯罪者収容施設――。東京拘置所である。

目当ての人物と面会が可能なのは、事前に問い合わせて分かっていた。手続きを済ませてしばらく待つと、係官が来て、別室に通された。

中央をアクリル板で仕切られた、薄暗い部屋だった。たまにドラマで見るイメージとあまりにそっくりで、つい笑いそうになってしまう。係官に無言で睨まれながら椅子に座り、吐夢は相手の到着を待った。

程なくして、仕切りの向こうのドアが開いた。女性の刑務官に連れられて、女が一人、姿を見せた。

影山節子——。今日、吐夢が面会を希望した相手だ。

節子は、こちらを見やり、意外とでも言うように目をしばたたかせた。

「誰かと思ったら。何、刺された文句でも言いにきたの？」

正面に座るなり、軽口を叩《たた》いてくる。吐夢はそれに対しては何も言わず、節子の顔をじっと見た。

「……何よ」

「僕は——輪花さんを愛しています」

「何よいきなり。……知らないわよ、そんなこと」

「いえ、これは大事なことなので」

気にせず畳みかける吐夢に、節子は呆れたように、口元を歪《ゆが》めてみせた。

「可哀想に。あなた心の病ね、きっと」

私が言うんだから間違いないわよ——と、そっぽを向く。

確かに、自分と節子には通じるものがある。息子である影山がそうだったように。

吐夢は今一度そう思う。でも、だからこそ自分は、今日ここへ来たのだ。

「僕は、不運な星の下に生まれたんです」

吐夢が言うと、節子はせせら笑い、肩を竦《すく》めた。

「さっきからいったい何言ってるの？　話がないんだったら、これで……」

「僕は――」

立ち上がりかけた節子を、吐夢が引き止める。

いや、引き止めたのではない。この一言で、節子は自《おの》ずと動きを止めることになった。

「……僕は、駅のコインロッカーで一生を終える人生だったんです」

そう。あの感覚を忘れる日は来ない。

あの日、暗闇の中、外からはわずかな光がこぼれていた。氷のように冷たいドアの外からははけたたましい電車の音と、人間の足音が聞こえ続けたのを覚えている。

あの日ロッカーの中で、自分の孤独を包んでくれる究極の愛を探し始めたのだ。

節子がこちらを見る。心なしか、表情が強張《こわば》っているように思える。

吐夢は淡々と、言葉を続ける。

「捨てられたんです。母親に。生まれた時から不運な星の下なんです。でも――」

――見つけたんです。

そう言って吐夢は、いつも首から下げているロケット式のペンダントを引き出した。

「輪花さんの後を辿《たど》っていくうちに、見つけたんです。僕の母親を」

その場で開く。アクリル板の手前に、それを置く。

節子が打ち震えながら見下ろす。

「コインロッカーで発見された時、僕はこれを握り締めていたそうです」

そう言って、吐夢はゆっくりと席を立ち上がった。

もうこれ以上、彼女に話す必要はない。ただ出会えたこと。それだけで充分だ。

ああでも、蛇足ながら付け加えるなら。

――私は、誰も殺してないわ。今まで、ただ一人として。

あの言葉、これからは自信を持って言っていいですよ。貴方《あなた》は確かに、誰一人殺していないのだから。

そんなことを思いながら、吐夢は節子に背を向け、部屋を後にした。


吐夢が立ち去った後には、開かれたペンダントだけが残された。

中には、押し花となった四葉のクローバーが、大切そうに納められていた。

影山節子は、吐夢の消えていったドアを――唯島芳樹との間に出来た我が子の影を見つめ、震え続けた。

エピローグ

影山剛の取り調べは、あれから一転、難航していた。

先日彼の母親が逮捕された。双方を取り調べて分かったのは、唯島輪花を狙った一連の犯行は完全に影山の独断によるもので、母親は一切関与していなかった、ということだ。

とは言え、影山は母親に対して、逐一状況を手紙で報告していたらしい。つまり母親は、息子の犯行を知りながら、通報を怠ったことになる。この点をどこまで罪に問えるかは、司法の判断に委《ゆだ》ねることになるだろう。

だから、西山茜を悩ませている問題は、ここではないのだ。

それよりも遥《はる》かに規模の大きい事件――。アプリ婚連続殺人について、である。

……影山が認めたのは、五件目の片岡夫妻の殺害だけだった。

もちろん伊藤尚美と和田拓馬の殺害については、すでに別件として認めている。伊藤尚美を殺したのは、自分の正体を輪花にばらされそうになったから。和田拓馬を殺したのは、自分よりも先に、輪花を絶望に突き落とそうとしたから――らしい。

ただ、アプリ婚連続殺人の四件目までについては、関与を否定し続けている。

「週刊誌に手口の詳細が出てたから、それを真似ただけですよ。鎖で縛って、顔に『罰』を刻んで――。そうすれば、あんたら警察は同一犯だと思い込む。これで捜査を攪乱《かくらん》できるって思いました」

取調室で西山と向き合い、影山はせせら笑うように、そう語った。

実際のところ、初めから西山自身も、その可能性は視野に入れていた。警察は、影山が思っているほど馬鹿ではない。マスコミやネットによる犯行手口の拡散が、模倣犯の発生リスクを急激に高めることぐらい、理解している。

またついでに、こうも考えている。

――例の拡散騒動は、真犯人が意図的に仕組んだものだったのではないか。

例えば自分が犯人で、インターネットに精通しているなら、迷わずそうするだろう。

その目的はもちろん、影山のような模倣犯を生み出すためだ。

つまり、影山が連続殺人を利用したのではない。その逆だ。

利用されたのだ。影山は、真犯人に。

では、その「真犯人」とは、いったいどこの誰なのか——。

……そんな思案とは裏腹に、西山は今日も影山剛の取り調べを続ける。それが、上層部から与えられた今の自分の役目だからだ。

取調室で影山と睨《にら》み合いながら、時間を無駄に過ごしていく。下らないお役所仕事だ、と我ながら思う。

「いい加減、諦《あきら》めてくださいよ。僕が殺したのは、コレとコレとコレ。それだけ」

テーブルに並べられたたくさんの写真の中から、片岡夫婦と尚美、そして和田だけをつつき、影山が微笑む。

なぜ人を殺しながら、笑っていられるのか。胸糞《むなくそ》悪い……と西山は顔をしかめる。

堀井が取調室を覗《のぞ》き、西山に外へ出るよう促してきたのは、ちょうどそんな時だった。

西山が廊下に出るなり、堀井は神妙な顔で、こう告げた。

「中央区のマンションで同じ手口の殺しです。被害者夫婦のスマホには、それぞれマッチングアプリの履歴が……」

——やはりそうなったか。

西山は自分の中に、昏《くら》い炎が揺らめくのを感じた。

「事件、終わってませんでしたね」

堀井が囁《ささや》く。西山は頷《うなず》き、小さく唇を噛《か》み締めた。

†

——真の愛とは何か。

永山吐夢にとって、それは長年の課題だった。

かつて自分は、一人の少女を階段から突き落とした。

とても大切に想っていた子だった。なのに裏切られた。だから突き落とした。

あれは怒りだったのか、それとも、愛だったのか——。少なくとも、壊れてしまった彼女を見た時、自分ははっきりと「愛《いと》しさ」を感じたのだ。

では、好きなものは壊すべきなのか。どうもそこが判然としない。

好きになった女性を追い詰め、壊してしまったことは、一度や二度ではない。ある女性は心を病み、遠くに引っ越していった。またある女性は自分のスマホも含めて、家中の電話という電話を破壊し、部屋に引き籠《こも》るようになった。

これまでに事件化されたのは、ベランダから突き落としてしまった一人だけだが、過去には幾度となくこういうことがあったのだ。

なのに——唯島輪花に対しては、まったく逆の想いがある。

……壊されたくない。

……守りたい。

なぜだろう、と初めは戸惑った。しかし考えるうちに、「自分で壊す」のを望むことと、「誰かに壊される」のを拒むことは両立可能なのだ、と気づいた。

自分は輪花を守りたい。生まれて初めて、誰かに対して、そういう感情を抱けた。

──そもそも、真の愛とは何なのか。

改めて、この問いに立ち戻る。

吐夢は、誰かから真に愛されたことがなかった。

母には捨てられた。里親になってくれる者もいなかった。友達は、こちらが演技しなければ出来ないような、かりそめの連中ばかりだった。そして、初めて好きになった少女には、裏切られた。

果たしてこの世に、自分を愛する者など存在するのか。気がつけば、そう疑うことしかできなくなっていた。

だから──マッチングアプリに登録してみたのだ。

こちらのプロフィールに「いいね」で好意を示した女性は大勢いた。吐夢は、その「いいね」が本物かどうかを確かめたかった。片っ端から彼女達に会い、ありのままの自分を見せつけた。

そして、そのたびにふられた。

では、最初の「いいね」は嘘だったのか。なぜろくに知りもしない相手に「いいね」など押したのか。いや、マッチングアプリ自体が、そもそもこういうシステムでしか機能しない代物なのか。

……だとすれば、とんだ虚構の世界だ。

アプリを利用する連中は、偽りの愛をもって虚構にたかる偽善者だ。

――今一度、自分に問う。真の愛とは何か。

例えば自分なら、誰かに真の愛情を示すために、何をするか。

その答えのヒントが、かつて自身が育った児童養護施設の図書室にあったことを、吐夢は思い出した。

聖書である。

――人が己の友のために自らの命を捨てること。これに勝る愛はない。

そう、愛とは、命懸けで誰かを守ることなのだ。

ようやく結論が出た。吐夢は満足した。

……そんな時だ。たまたま眺めていたＳＮＳの中に、見覚えある女の写真を見つけたのは。

女の名前は、唐沢澄香といった。自分がアプリに登録してから、初めてマッチングした相手だ。

一度会ってデートをしたが、その後すぐに連絡が取れなくなった。仕方なく住所を特定し、何度か家を訪ねた。そうしたら警察に呼び出され、付きまとい行為をやめるよう、説教された。

あの時は素直に警察に従ったが、彼女がこちらを簡単に切り捨てたのだと知って怒りを覚えた。もっとも、当の彼女はどこかに引っ越した後だったが。

……その時の記憶が蘇《よみがえ》った。

彼女はSNSの中で、結婚の報告をしていた。幸せそうな笑顔で男と写っている。何でも、マッチングアプリで知り合った相手だという。

――だが、それならばお前達の結婚は、虚構の産物ではないか。

――それとも、その虚構の世界の中で、真の愛を芽生えさせたとでも言うのか？

不思議に思いながら、彼女の投稿を読んでいく。

何枚もの写真があった。男と二人で仲のよさをアピールする写真。豪華なホテルでポーズを決める写真。海ではしゃぐ写真。ベッドで夜を迎える直前の写真。

……反吐《へど》が出そうだった。

気がつけば吐夢は、それらの写真を次々と追っていた。

彼女の個人情報を、もう一度集めるために。

そして、アクセス元を特定した。現在の住所を特定した。週末の予定を特定した。

吐夢はその週末を狙って、彼女の家を訪ねた。

彼女とその夫が、真の愛をもって結ばれているのかを、確かめるために。

真の愛とは何か。それは、命懸けで誰かを守ることだ。自己を犠牲にすることだ。

命を懸けて守れないのであれば、それは下らない偽りの愛だ。

ルールは至ってシンプルだ。二人を鎖で縛り上げ、男と女、どちらが死ぬべきかを問う。もし二人に真の愛があれば、ためらうことなく自分の命を差し出すはずである。


最初に、彼女で試した。結果は当然、偽りだった。

だから二人とも殺した。

それからもSNSを検索し、アプリ婚したカップルを探した。都内に住んでさえいれば、べつに知っている相手でなくてもよかった。

二番目のカップルも、その愛は偽りだった。殺した。

三番目も偽りだった。殺した。

四番目も偽りだった。いや、これは大概なレベルの偽りだったので、いつもより残忍な方法で殺してやった。

そして五番目は——これから確かめる。

世間では、影山剛の犯行が五番目としてカウントされている。しかしそれは誤りだ。影山が殺したカップルについて、自分は一切関与していない。

確か、片岡夫妻……だったか。果たして彼らに真の愛はあったのだろうか。

自分が手を下していない以上、それを確かめるすべはない。

だが、心配はいらない。実験台になる夫婦は、いくらでもSNSの中にひしめいているのだから。

永山吐夢はそんなことを考えながら、今夜も、新たな夫婦の寝室に押し入る。

そして二人を鎖で縛り、巨大なカッターの刃を伸ばし、宣言するのだ。

「──今から、あなた達の愛を確かめさせてもらいます」

吐夢の裁きは終わらない。

たとえ自分が、真の愛を手に入れたとしても。

†

二人の休日を待って、吐夢は輪花と一緒に、再びあの水族館を訪れた。

彼女から貰《もら》ったピンクのコートをまとい、スニーカーを履いて。輪花は「見違えたね」と笑ってくれた。吐夢はその笑顔に、言い知れぬ幸せを感じた。

実際、このコートとスニーカーは、吐夢を別人に仕立ててくれる。

最近人を殺しにいく時は、輪花から貰ったショッパーバッグに、コートとスニーカーを忍ばせていくようにしている。殺害後、近くの公衆トイレで着替えるためだ。黒いコートからピンクのコートへ。長靴からスニーカーへ。

もちろん、警察の目を誤魔化すという目的はある。しかしそれ以上に、愛のない連中を嬲《なぶ》り殺しにした後で、彼女から受けた愛の証《あかし》を身に着けるのは、とても爽快《そうかい》だ。お前達と違って、自分は真に愛されている――。そんな途轍《とてつ》もない優越感が、かつてずっと光の届かない場所に沈んでいたこの心を、存分に温めてくれるのだ。

……心の中でそう思いながら、吐夢は輪花を連れて、海底フロアに下り立った。

トンネルを抜け、クリオネの水槽の前に立つ。二人が初めて顔を合わせた場所だ。

あの時吐夢は、自分の想いを上手《うま》く輪花に伝えることができなかった。

自分が輪花に「いいね」を押した理由――。それはもちろん、彼女の自撮り写真の背景に映っていた、あの四葉のクローバーの絵だ。

あれを見た瞬間に、運命だ、と感じた。実際に会って、自分のロケットを見せ、クローバーのことを尋ねたかった。

しかし輪花は冷たかった。吐夢は、上手く話せない自分がもどかしかった。

結局彼女は帰っていき、吐夢はいつものようにストーキングを始めた。

でも——すべてが丸く収まった今、これでよかったのだ、と思う。

隣で輪花の息遣いを感じながら、吐夢はクリオネの水槽を眺める。

パタパタと泳ぎ回る極小の妖精《ようせい》達が餌を見つける。頭部がパックリと割れ、触手が伸びる。悪魔の如きおぞましい姿に、輪花が見入っているのが分かる。

——彼女はきっと壊れるだろう。壊れているこの僕と一緒にいる限り。

——彼女は壊れ、天使から悪魔へと生まれ変わる。そして、僕と同じになる。

——その時が来るのが、今からとても楽しみだ。

手が触れた。クリオネが餌を食らうように、二人の指が蠢《うごめ》き、絡み合う。

ようやく手に入れた真の愛を——僕の家族を、絶対に離すものか。

吐夢は輪花の手を固く握り締め、永遠の愛を誓った。

本書は書き下ろしです。

執筆協力／東　亮太

マッチング
内田英治《うちだえいじ》

角川ホラー文庫 24006

令和6年1月25日　初版発行
令和6年3月20日　7版発行

発行者———山下直久
発　行———株式会社KADOKAWA
〒102-8177　東京都千代田区富士見2-13-3
電話 0570-002-301（ナビダイヤル）
印刷所———株式会社KADOKAWA
製本所———株式会社KADOKAWA
装幀者———田島照久

●お問い合わせ
https://www.kadokawa.co.jp/（「お問い合わせ」へお進みください）
※内容によっては、お答えできない場合があります。
※サポートは日本国内のみとさせていただきます。
※Japanese text only

ISBN978-4-04-114502-9　C0193

角川文庫発刊に際して

角川源義

第二次世界大戦の敗北は、軍事力の敗北であった以上に、私たちの若い文化力の敗退であった。私たちの文化が戦争に対して如何に無力であり、単なるあだ花に過ぎなかったかを、私たちは身を以て体験し痛感した。西洋近代文化の摂取にとって、明治以後八十年の歳月は決して短かすぎたとは言えない。にもかかわらず、近代文化の伝統を確立し、自由な批判と柔軟な良識に富む文化層として自らを形成することに私たちは失敗して来た。そしてこれは、各層への文化の普及滲透を任務とする出版人の責任でもあった。

一九四五年以来、私たちは再び振出しに戻り、第一歩から踏み出すことを余儀なくされた。これは大きな不幸ではあるが、反面、これまでの混沌・未熟・歪曲の中にあった我が国の文化に秩序と確たる基礎を齎らすためには絶好の機会でもある。角川書店は、このような祖国の文化的危機にあたり、微力をも顧みず再建の礎石たるべき抱負と決意とをもって出発したが、ここに創立以来の念願を果すべく角川文庫を発刊する。これまで刊行されたあらゆる全集叢書文庫類の長所と短所とを検討し、古今東西の不朽の典籍を、良心的編集のもとに、廉価に、そして書架にふさわしい美本として、多くのひとびとに提供しようとする。しかし私たちは徒らに百科全書的な知識のジレッタントを作ることを目的とせず、あくまで祖国の文化に秩序と再建への道を示し、この文庫を角川書店の栄ある事業として、今後永久に継続発展せしめ、学芸と教養との殿堂として大成せんことを期したい。多くの読書子の愛情ある忠言と支持とによって、この希望と抱負とを完遂せしめられんことを願う。

一九四九年五月三日

SAISEI • KADOKAWA HORROR BUNKO BEST SELECTION
角川ホラー文庫ベストセレクション
朝宮運河編
綾辻行人
井上雅彦
今邑彩
岩井志麻子
小池真理子
澤村伊智
鈴木光司
福澤徹三
再生
角川ホラー文庫

日本ホラー小説大賞《短編賞》集成1

小林泰三　沙藤一樹　朱川湊人　森山 東　あせごのまん

これを読まなきゃホラーは語れない!

1994年から2011年まで日本ホラー小説大賞に設けられていた《短編賞》部門。賞の30周年を記念し、集成として名作が復活！　玩具修理者は壊れた人形も、死んだ猫も直してくれる——。小林泰三の色褪せないデビュー作「玩具修理者」。「10年に１人の才能」と絶賛された沙藤一樹が描く、ゴミだらけの橋で見つかった１本のテープの物語「D—ブリッジ・テープ」など計５編を収録。《大賞》とは異なる魅力があふれた究極のホラー短編集！

角川ホラー文庫

ISBN 978-4-04-114382-7